古城ホテルの精霊師

深見アキ

角川文庫
24413

Contents

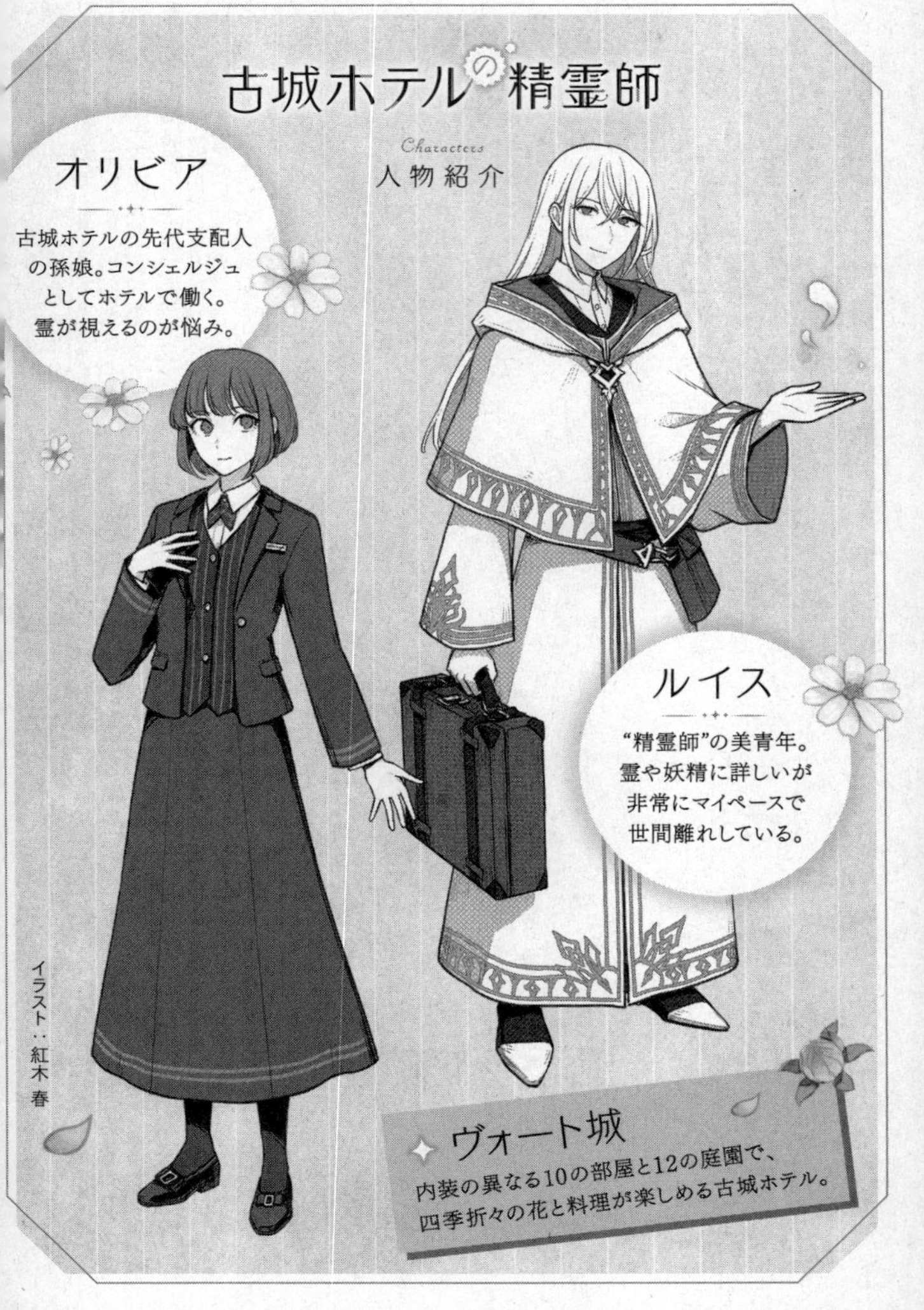
古城ホテルの精霊師
Characters
人物紹介
オリビア
古城ホテルの先代支配人の孫娘。コンシェルジュとしてホテルで働く。霊が視えるのが悩み。
ルイス
“精霊師”の美青年。霊や妖精に詳しいが非常にマイペースで世間離れしている。
ヴォート城
内装の異なる10の部屋と12の庭園で、四季折々の花と料理が楽しめる古城ホテル。
イラスト：紅木 春

序章

真っ白なテーブルクロスがかけられたガーデンテーブルに、ツンと気位の高そうな老婦人が座った。

その様は、まるで庭園にお出ましになった女王陛下のようだ。

オリビアが紅茶を注ぐ様子をじっと眺め、淡々《たんたん》と「どうもありがとう」と言う。

周囲には、今が見頃の菊《マム》が愛らしく揺れていた。オペラの名を持つ桃色の菊は大輪の花を咲かせ、手毬《てまり》サイズの真ん丸な黄色・緑・橙《だいだい》の菊は寄り集まりながら。その周囲には、秋らしい色合いのジニアとダリアの寄せ植えや、赤い実を飾りにしたリースも配置されている。

ここは、城に勤める庭師たちが丹精込めて作り上げた美しい庭だ。

しかし城は城でも――「古城ホテル」。外観は三百年ほど前に城塞《じょうさい》だった頃の趣を残しつつ、内装は快適に滞在できるように改装された宿泊施設である。

老婦人は本物の女王陛下ではなく宿泊客の一人。

傍らに控えるオリビアも、彼女のメイドなどではなくただの従業員だ。深緑《ふかみどり》色のツーピースの左胸には金の名札が光っている。

「十年ぶりに来たけれど、やっぱり良い庭ね。まるで子どもの頃に戻ったみたいだわ」

紅茶を口にした老婦人は満足げに表情を緩めた。

「地方にあった祖父の邸宅にも広い庭があって、母や従妹《いとこ》たちとお茶を楽しんだものよ。今じゃ、アパルトマンのベランダに出してあるプランターを見ながらお茶を飲むのがせいぜいだけど……って、いやだわ。ごめんなさいね、こんな愚痴っぽい話」

「いえ。今は領地を手放して暮らしている方がほとんどですから。やはり皆さま、昔が懐かしいとおっしゃいますわ」

「ああ、やっぱりそう感じる人が多いのね。この数十年ですっかり時代は変わってしまったものね……」

この国でも、ほんの半世紀前までは貴族は領地を治め、地方の邸宅で暮らしているのが当たり前だった。

残念ながら、星暦《せいれき》一八九〇年現在、これだけの城館を所有している貴族はほぼ存在しない。

鉄道が敷かれ、労働者の立場が確立されてきた昨今、若者たちはどんどん都会へと出ている。貴族は屋敷を維持するだけの使用人を雇えず、莫大《ばくだい》な相続税で困窮し、代々受け継がれてきた土地や建物は手放されていったのだ。

このヴォート城もその一つ。二十五年前に祖父が買い取った時には、既に十数年放置され、草ボウボウのひどい有様だったらしいが……、今はかつての栄華を感じさせるような美しい城として蘇《よみがえ》っている。

老婦人はオリビアの用意した茶菓子にフォークを入れた。

キャラメル色に煮詰めたリンゴをたっぷり使って焼いたタルトタタン。一口食べた老婦人は「あら、美味《おい》しい」と目を瞠《みは》る。次に「なんだか懐かしい味だわ」と言い、しばし味わったのち「もしかして十年前にも同じものを食べたかしら」と気がついた。

「はい。十年前にもお召し上がりになっていますよ」

「思い出したわ。あたしったらすごく気に入ってしまって、買って帰れないか聞いたんだわ。でも、どうしてあなたが十年前のことを知っているの？」

十代のオリビアが知りえるはずもない出来事だ。

不思議そうな顔をした老婦人に種明かしをした。

「その時にタルトをご用意したのはわたしの祖父――先代支配人なんです。昨年、亡くなったのですが、顧客帳にお客様がこのタルトタタンをお気に召したと書き残してあったのでご用意させていただきました」

「まあ、そうなの。じゃ、今はあなたがおじいさまの跡を継いで支配人なの？」

「いいえ、わたしはコンシェルジュです」

聞き馴染《なじ》みのない単語に、老婦人は「こんしぇるじゅ」と、もごもご繰り返した。

一般的にはまだあまり認知されていない、出来立てほやほやの新職種だ。ぜひ、名前だけでも覚えて帰っていただけたら、とオリビアはにっこり微笑んだ。

「お庭の案内から観光スケジュールのご相談、探し物まで。お客様のご滞在が快適になるようにお手伝いするのが仕事なんです。何かお困りごとがございましたら、ぜひお声がけくださいませ！」

一章　親愛なる精霊師殿

〝エリメラ公国にようこそ。

ロヴェレート地方にお越しの際は、ぜひヴォート城にお泊まりを。

内装の異なる十の部屋と十二の庭園で、四季折々の花と料理をお楽しみください。〟


「素敵なポスターね。これ、街に貼りだすの？」

支配人室のテーブルに広げてあるポスターを見たオリビアは感嘆の声を上げた。

人気画家に描いてもらったという水彩画は、花畑の中に建つヴォート城をより幻想的に見せている。

デスクに座っているハワードは淡く笑って頷《うなず》いた。

「首都リムレスの駅に貼りだしてもらおうかと考えているのですよ。その前に、お嬢様の意見を聞いておこうかと思いまして」

「いいと思うわ。見ているだけで癒《いや》されそうだし、こんな素敵なお城に泊まってみたいって思うもの」

オリビアがポスターを褒めると、ハワードは満足そうに頷いた。

「良かった。では、さっそくこのポスターを貼りだしてもらうように手配しましょう」

「他の人には見せたの？」

「ええ、数人には。お嬢様からの合格をいただけたので、これで決定にします」

冗談交じりの口調だったが、オリビアは苦笑した。

ミドルグレーの髪を後ろに撫《な》でつけ、スーツを完璧《かんぺき》に着こなしたハワードの年齢は四十半ば。オリビアが生まれる前からこのホテルに勤めている彼に、十八歳の小娘の意見など不要だろう。なのに、彼は律儀にオリビアに最終決定を委《ゆだ》ねてくる。

「あのね、前にも言ったと思うけれど……、いくらわたしが先代支配人の孫娘だからって気を遣わなくていいのよ。今の支配人はあなたなんだから」

大人びた口調で言うと、呆《あき》れたように睨《にら》まれた。

「どの口がおっしゃいますか。先代がご存命《ぞんめい》だった頃は、何かにつけて私と先代の話に首を突っ込みたがったのはお嬢様でしょう？　ロビーのピアノを撤去すると知らせなかったときなんて、泣いて怒っていたじゃありませんか」

「そ、それは、十歳かそこらの時の話でしょ？　今はもう弁《わきま》えているわよ。『お手伝いの孫娘』じゃなくて、きちんとこのホテルの従業員になったんですからね」

えへんと胸を張ると、ハワードは親戚《しんせき》の子どもでも見るような視線をオリビアに向けた。

「その制服を着て働いている姿を先代にもお見せしたかったですね」

「……ええ」

　──祖父は死んでしまった。

　ちょうど一年ほど前のことだ。

　支配人室で倒れていた祖父は、そのまま帰らぬ人となってしまったのだ。祖父に持病はなく、死の前兆もなかったため、あまりに突然のことだった。

　ハワードはオリビアが支配人を継いではどうかと勧めてくれた。

　祖父が愛したホテルを自分が引き継いで守っていけたら、それはとても素敵なことだと思う。しかし、孫娘といっても、オリビアは経営に関してはずぶの素人。築三百年の古城と、広い庭園と、常時三十名はいる従業員を自分が背負っていけるのか──とてもじゃないが「やってみたい」などという軽い気持ちでは頷けない。自分なんかがトップに立ったところで、ハワードにおんぶにだっこの、肩書きだけの支配人になることは目に見えていた。

　だったら初めから、祖父の右腕だったハワードを支配人に据えるべきだ。

　オリビアはそう主張し、ハワードは受け入れてくれた。そして、ある提案をしてきた。

『実は、コンシェルジュ、という職を立ち上げようと思っているのです』

『コン……？』

『コンシェルジュ。隣国のグランドホテルでは、富裕層の客向けにフロントとは別のサービス職を置いて対応しているそうです。執事や従者のように、お客様のご要望にお応《こた》えするのが仕事なんだとか』

『VIP専用の客室係みたいなものなの？』

オリビアの頭の中には、ワガママな金持ちが客室のソファでふんぞり返り、コンシェルジュなるホテルマンにあれこれ注文を付ける姿が浮かんでいた。ちょっと嫌だなあ、というのが顔に出ていたらしく、ハワードは「いえいえ」と訂正する。

『グランドホテルなら国の主賓クラスの要人もお泊まりになるでしょうから、そういった付きっ切りの世話係が必要になるでしょうね。ですが、うちは家族連れからお一人様までのんびりと過ごされるお客様がメインです。付きっ切りではなく、エントランスに常駐させる形で、お客様の滞在のお手伝いができれば良いのではないか、と先代と考えていたところなんです』

例えば、広い庭園の案内を申し出たり。

例えば、近隣の観光地や美味しいレストランを紹介したり。

例えば、常連客のお誕生日にワインを差し入れしたり。

具体案を出されたオリビアは笑った。

『……それって、おじいさまがやっていたことね』

『そうです』

接客が好きだった祖父はお客様に慕われていた。

祖父は支配人のくせに事務仕事が嫌いで、イベントの飾りつけを率先して行ったり、庭を歩き回ってはお客様に明るく声を掛けたりしていた。会話の中で相手の情報を上手に掬《すく》い取り、気の利いた提案をするのが上手な人だったのだ。

『先代も「俺がいつまでも元気に庭を歩き回れるとは限らないだろ」とおっしゃっていましたし、私も経理や裏方の方が向いていると自覚していますから、そういうサービスに特化した役職を作っても良いのではと考えていたんです。――お嬢様、どうですか。興味ありませんか？』

『あるわ』

オリビアは即答した。

今の自分が、支配人としてこのホテルの上に立つのは――絶対に無理だ。

でも、祖父のしていたことを真似ることならできる。

祖父の遺《のこ》したホテルを守りたい。

ハワードに頼りっぱなしではなくて、自分にできることを……。

そう伝えると、ハワードはオリビアを正式に従業員として雇用してくれた。

今でもハワードには感謝している。彼はオリビアに帰る家がないことを知っている。

自分のために誂《あつら》えられた制服を手にした時、祖父とハワードの恩に報いるために、立派なコンシェルジュになるぞと拳《こぶし》を突き上げたものだが……。

「──それで、どうですか。仕事の方は」

ハワードの声で現実に戻って来たオリビアは、支配人室のソファの背もたれに沈んだ。

「うん、まあ。ぼちぼち……」

「ぼちぼち」

「……馴染《なじ》みがないからか、利用してくださるお客様はまだまだ少ないわ。この間はベルガールだと思われたみたいで、デスクに荷物をどーんと置かれたの。『運んでおいて、あとヨロシク！』って。……まあ、いいんだけどね。わたしは暇だったし……」

そんなふうにお客様から来て下さることは稀《まれ》で、コンシェルジュデスクはいつも閑古鳥が鳴いている。

祖父の真似をしてお客様に声を掛けてみるものの、「支配人」と、「新人っぽい小娘」では、信頼の度合いが違うらしい。祖父が「良かったら庭園をご案内しましょうか」と申し出れば、「支配人直々に？　いいんですか？」と喜ばれたものだが、オリビアが同じように申し出ても遠慮されてしまう。

お客様の気持ちはわかる。支配人なら、この古城の歴史や植物の豆知識などの解説を交えた、素敵な案内をしてくれそうだと期待する（実際、祖父はそうだった）。

オリビアにも同じことはできる。八年もこの城にいるのだ。城の蘊蓄《うんちく》は祖父から何度も聞いているし、今が見頃の花や、人気の散歩コースだって熟知している。でも、なんというか、ホテルマンとしての厚みが足りないのだろう。張り切る新人が空回りしているように見えるらしく、十人中九人には「結構です、ありがとう」と言われてしまう。

(いったい、いつになったらおじいさまみたいに活躍できる日が来るのかしら)

オリビアだってお客様に慕われたい。

『やあ、コンシェルジュさん。今年も頼むよ』

『お待ちしておりました、〇〇様。本日はお誕生日おめでとうございます』

『おお、覚えていてくれたのか。嬉《うれ》しいねぇ』

なーんて会話をしたい。

『ねえ、コンシェルジュさん。明日《あした》の予定を考えてくれない?』

『明日はどこどこの公園に、こんな珍しい屋台が来るそうですよ』

『さすが、コンシェルジュさんね。あなたに聞けば間違いないわ』

なーんて頼られたい。

あまりにも暇で、給料泥棒になっていやしないかと心配になる。

裏方の手伝いでもした方が役に立てそうな気がするが、万が一お客様が来た時にデスクを空けていたら申し訳ないので、ふらふら徘徊《はいかい》することもできないのが現状だ。

「まあ、まだコンシェルジュデスクを立ち上げて一年足らずですから。お客様に定着していないのは仕方ないですよ」

「はい」

「来年、再来年に、再び当ホテルを利用してくださったお客様に『そういえばこのホテルにはコンシェルジュがいたな』と思い出してもらえるような存在になれば良いのではありませんか？」

「おっしゃる通りです……」

ハワードの慰めに呻《うめ》く。オリビアには悩みが二つある。一つは、コンシェルジュという職がなかなかお客様に浸透しないこと。そしてもう一つは。

オリビアは顔を上げると、デスクにいるハワードを見て、「ヒッ」と心の中で悲鳴を上げた。

座っているハワードの背後には、天井から宙づりになっている女の霊がいたのだ。着ているのは豪奢《ごうしゃ》なドレス。垂れ下がったウェーブのかかった髪の隙間から、『やぁだぁ、いい男ぉ……』とニヤァッと笑みを覗《のぞ》かせている。大昔の貴族らしき女の霊が、ハワードの方へと手を伸ばしていた。

——もう一つの悩み。それは、自分が霊の見える体質で、この城には見てはいけない者たちが大勢いるということ。

「なんですか、お嬢様？　私の顔に何かついていますか？」

ハワードに問われたオリビアは慌てて笑顔を取り繕った。

「なんでもないわ、なんでも。そろそろ休憩も終わるし、持ち場に帰るわね」

そそくさと立ち上がる。

上司を見捨てていくオリビアは薄情かもしれないが、問題はない。ハワードにはあの女の霊が見えていないのだ。もし見えていたら、至近距離にいる女に何かしらのリアクションを取るだろうが、ハワードが動揺した様子は一切ない。

大急ぎで部屋を出ると、扉の側には騎士の霊が控えていた。

兜《かぶと》を被《かぶ》っているので顔も年齢もわからない。頭のてっぺんにはトサカのような赤い兜飾りを付けているので、生前は隊長クラスの偉い人だったのかもしれないが……。

オリビアはその霊を無視して通り過ぎると、制服の上から胸に手を当てた。

シャツの下には街の雑貨屋で購入した十字架がぶら下がっている。邪気を払ってくれるペンダントらしい。効果のほどは知らないけれど、藁《わら》にも縋《すが》る思いで買ったものだ。

（あの騎士、わたしの行く先々に現れて、気味が悪いのよね……）

はああ、と溜息《ためいき》を吐いて肩を落とす。

もう嫌だ、この霊感体質。見たくないものが見えるオリビアは、子どもの頃から嫌な思いばかりしてきた。


オリビアがこのホテルにやってきたのは十歳の頃。

それまではごく普通の小さな町で、ごく普通に家族と一緒に暮らしていた。

だが、物心ついた時から霊が見えたオリビアは、周囲からは『変な子』だと思われていたらしい。

友達と遊んでいると思ったら、はじめからオリビア一人しかいないと言われたり。

突然、何もない場所を指差してパニックを起こしたり。

オリビアといると、どこからともなく変な声が聞こえてくると言ってくる子もいた。

――この子はどうやら人と違うらしい。

――不気味だわ。悪霊にでも憑《つ》かれているんじゃないの。

父と母は夜な夜な話し合い、喧嘩《けんか》をし、オリビアをいろんなところに連れて行ったのだが……。

『ほう。お子さんは霊が見えていると言うんですね。……あのね、奥さん。そりゃあ、あなたの愛情不足ですよ。自分を見てもらおうとして妄言を吐くんでしょう。構ってもらいたい気持ちの表れですよ』

医者の元に連れて行かれた時、母は泣き、怒っていた。

『なんと可哀想に。きっとこの子は前世で恐ろしい罪を犯し、恨みを持つものが霊魂となって憑いてきたのです。しかし、もう心配はいりません。この霊験あらたかな水を飲むだけで心も身体も清められるでしょう』

押しかけて来た高名な聖職者は、自分の神力を込めた聖水を特別に安く売ると言った。

しかしそれは詐欺で、水を飲んでも変わらず心霊現象はつきまとった。

『おお、恐ろしや！　オンソワカ、オンソワカ、私は東方からやってきた霊媒師。この子を狙う悪霊は皆、追い払ってやろうぞ。キエェェェイ！』

自称霊媒師がいると聞き、山奥へ向かったこともあった。

霊媒師が祈禱《きとう》をした先とは反対の方向に霊がいたので、そこには霊はいないと教えてやると『子どもの嘘には付き合いきれない！』と吐き捨てて追い出された。

結果として、オリビアの存在は家庭にヒビを入れた。オリビアが霊の話をすると父も母も嫌な顔をするようになり、二人の顔色を気にして口を噤《つぐ》むようになってしまった。

なんでわたしにはこんなものが見えるんだろう。

霊はオリビアと目が合うと話しかけてくる。

辛《つら》い、痛い、許せない、憎い。負の感情をぶつけられるたびに恐ろしく、助けてと泣けば飛んできてくれた両親も、次第にそっけなくなっていく。

その後、弟が生まれると、両親の関心は一気に弟に向いた。

オリビアもゆりかごの中でスヤスヤと眠る弟は可愛いと思った。触ってはいけないと母から言われていたため、静かに眺めるだけ。

だけど、いつの間にかゆりかごの側には小さな女の子が立っていて、弟にいたずらをしようとしている。オリビアは咄嗟《とっさ》に『だめだよ』と声を掛けた。

女の子がギロリとこちらを睨《にら》む。

恐ろしかったが、弟を守らねばと思ったオリビアは『だめ！』と強く叫んだ。女の子がゆりかごを蹴《け》とばそうとしたからだ。

『ママ、あの子がゆりかごを倒しちゃう！』

焦って母に助けを求めると、『いい加減にしてちょうだい！』と怒鳴られた。

母は足早にこちらに来て弟を抱き上げる。守らねばならないふにゃふにゃした柔らかい生き物を抱き寄せ、怖い顔をオリビアに向けた。

『この子に変なものを近づけないで！』

『わ、わたしじゃないよ。知らない女の子が……』

『女の子なんてどこにいるの。どこにもいないでしょう!? 頭のおかしい話はもうたくさんなの！』


それから半年ほどして、祖父だと名乗る人物が迎えに来てくれた。

祖父は遠く離れた土地でホテルを経営しているらしい。奥さん――オリビアの祖母に当たる人は、オリビアが生まれるよりも前に亡くなったとかで、祖父は仕事とプライベートの区別もなく、ホテルで暮らしているのだと言った。

『どうだい？ オリビアもおじいちゃんと一緒に暮らさないか？』

祖父が自主的に訪ねて来たのではなく、両親がオリビアを引き取ってくれるように頼んだことはなんとなく察していた。

母はオリビアのせいでずいぶんと神経質になってしまっていたし、オリビアもオリビアで居場所がないのは辛かった。だから、祖父の元に行くこと自体は構わないのだが、ホテルを経営しているとは知らなかった。

人が、大勢いるところだ。オリビアは躊躇《ためら》った。

もしも自分のせいで、ホテルがオバケだらけになったらどうしよう……。

祖父に打ち明けると笑われた。

『そうしたら、幽霊ホテルとして宣伝しよう。世界中からオカルトマニアたちが泊まりに来てくれるさ』

そう笑い飛ばされたことに、オリビアは救われた。

そして決めた。オリビアは故郷を離れ、祖父の元に行くことに。

もう二度と、人前で霊の話はしない。

電気が明滅したら接触不良だし、突風が吹いたらつむじ風なのだ。話しかけられたら空耳で、家鳴りは建物が古いせいだ。そうと言ったらそうなのだ！

霊の話を一切せず、積極的にホテルの仕事のお手伝いを始めると、従業員たちは皆オリビアを可愛がってくれた。もちろん、「支配人の孫娘」だから気を遣ってくれた人もいただろうが、オリビアも特別扱いはして欲しくないと率先して雑用を引き受けた。

その甲斐《かい》あって、ここでは人の輪にちゃんと溶け込めている。

だからオリビアはこれから先も霊は無視して生きていくつもりだ。ハワードの部屋に女幽霊がぶら下がっていようが、騎士の霊と鉢合わせしようが、オリビアはそっと目を逸《そ》らして見なかったことにする。

◇

十九時過ぎ。

十ある客室の八つにお客様が宿泊中であり、一組の老夫婦だけが部屋食の希望。他七組は二階のレストランホールでディナー中のため、エントランスは閑散としていた。

清掃係がラウンジのテーブル拭《ふ》きやハタキ掛けを済ませて去って行く。

フロント係は業務日誌を付け、ドアマンは背筋を伸ばして壁際に控えている。

(明日《あした》は、ベイカー様ご一家が『女王の間』にご宿泊。ご到着予定は十三時。奥様は寒がりだから部屋のブランケットを余分に準備しておこう。昨年は十二歳の息子さんが右腕を骨折中だった……。十六時にご到着のシュミット様は初めてのご利用ね。困りごとがないか気を配っておこう)

オリビアが明日の宿泊客をチェックしていたときだった。

『ねえ、キミ』

声を掛けられ、反射で「はい」と顔を上げ、……うっかり返事をしてしまったことを後悔した。

デスクを挟んだ反対側には、長い金髪を縦ロールに巻いた若い男が立っていた。歳は二十代半ばくらいだろうか。金の縁取りがついたフロックコートに、レースたっぷりの付け襟は、肖像画でしかお目にかからないような古風な出《い》で立ちだ。

彼の姿は、透けていた。

『いい夜だね。良かったら、少しボクとお喋《しゃべ》りしないかな？』

オリビアは何事もなかったかのように視線を手元に戻した。チェックアウトのお客様は午前十時にエメンダールご夫妻……。

『キミの名前を教えてよ』

「…………」

『うーん。キミ、誰かに似ているなぁ。今は垢抜《あかぬ》けない感じだけど、多分、メイクをしたら美人さんに化けると思うよ』

余計なお世話だ。縦ロール男にしげしげと顔を覗《のぞ》き込まれるが、オリビアはぐっと我慢して見えていないふりをする。

『髪も長くしたら……、うん！　ボクの初恋相手に似ている気がするぞ！　彼女も丸い大きな瞳《ひとみ》で、睫毛《まつげ》も長くて、さくらんぼみたいな可愛い口をしていた。ああ、迷い込んだホテルでこんなに素敵なレディに会えるなんて、ボクはなんて幸せなんだろう！』

縦ロール男は気障《きざ》ったらしく髪をかき上げると、デスクに手をついてクネッとポーズをとった。指で銃の形を作ると、オリビアのハートをバンと撃つ。

『無視しないでくれよ、冷たいなぁ。それとも、照れているの？　その奥ゆかしい琥珀《こはく》色の瞳にボクの姿を映してくれないか？』

オリビアは鳥肌を立てながら無視し続けた。

（この人の姿が他の従業員に見えていたら、ハッキリと追い払えるのに）

誘いには乗れませんと対応する。その前に、女性スタッフに絡む要警戒人物として、誰かが助け舟を出してくれるだろう。すぐ側のフロントデスクには、オリビアと歳が近いトニーが業務日誌を書き終え、暇を持て余したように立っている。

……もしも、今ここでオリビアが助けを求めたら？

霊がいるんだと言ったところで、疲れているんだと笑われるか、気味悪がられるかのどちらかだ。親しくしているトニーに変な奴だと思われるのは嫌だった。だから結局、何も言えずに我慢するしかない。

顔の前で手を振ったり、腕をつついたりしてきた縦ロール男だが、オリビアが反応を返さないでいると、やがて失望したような顔になった。

『やっぱりボクが見えないの？　さっきのは気のせいだったのかな？……つまんないの。死んでからずっとこうだ！　美しいレディを見ても会話を楽しむことすらできないなんて!!』

大理石の床に身を投げ出して、大仰に嘆き出す。

そんな事情はオリビアには関係ない。無視を貫く。

『なんて可哀想なボク！　ああ、語り合えなくて残念だよ、琥珀の瞳のレディ。ボクはまた別の出会いを探して彷徨《さまよ》うことにしよう』

ひとしきり嘆いた縦ロール男は、気が済んだのか立ち上がった。

良かった。どこかに行ってくれるらしい。

ほっとしたオリビアはようやく緊張が解けたのだが、何を思ったのか縦ロール男はオリビアの正面に立った。

『最後にお別れのキッスを贈らせてくれないか』

（は？　キス？）

『ボクたち、出会うのが遅すぎたようだね。んーむ……』

（え！　嘘！　幽霊とキスなんて嫌なんだけど⁉）

いくらすり抜けると言っても、心理的に嫌だ。

一生懸命無視していたが、唇を尖《とが》らせて顔を近づけてくる男を前に平静を保てない。無視できない。耐えられない。静かなエントランスで騒ぎも起こせない。

（無理無理無理無理！）

予約帳のページを握りしめ、半泣きで顔を背けた。

――その時だ。

ホテル入り口の両開きの扉がパッと開いた。

チョコレート色の扉の上半分はガラスになっており、両脇にはドアマンが控えている。お客様の姿が見えたら扉を開け、中に誘導するのが彼らの仕事だ。玄関周辺の警備も兼ねているため、常日頃から外に気を配っている彼らが、こんなふうに焦って扉を開けるなんて珍しい……。だが、その理由も頷《うなず》けた。

そこにいたのは、この世ならざる美貌《びぼう》の持ち主だったからだ。

彫刻のように整った顔立ちに、真っ直ぐな長い銀髪。

切れ長な紫色の瞳も、穏やかに弧を描く唇も、誰が見ても美しいと言うだろう。

銀糸のような髪を靡《なび》かせて歩く様は、その場にいた者の視線を釘付《くぎづ》けにしていた。

「……部屋は、空いているかな？」

発せられた柔らかいテノールの声に、全員がハッとした。

ホテルマンたちが揃いも揃って呆然《ぼうぜん》と――間抜けな顔をして見とれてしまっていたのだ。挨拶《あいさつ》もなしに、ぼけーっとお客様を迎えるなど、ホテルマンとしてあるまじき失態である。

「ようこそヴォート城へ。ご予約のお名前を頂戴《ちょうだい》できますか」

トニーは大慌てで笑みを作り、お決まりの挨拶を口にした。

束の間、魂を抜かれていたような気分だ。オリビアも慌てて愛想の良い顔をしつつ、彼の時代錯誤な姿に目を疑った。

（幽霊……じゃ、ないわよね？）

彼が身に着けていたのは、どこの絵本から飛び出してきたのかと思うような白いローブ。袖《そで》や裾《すそ》には古めかしい文様が入っており、今の時代にはまったく似つかわしくないデザインだ。携えているのも、革製で年季が入ったトランク。

「名前はルイス・ラインフェルト。予約はしていない」

「ラインフェルト様ですね。当ホテルは完全予約制となっておりまして、ご予約なしでご来館されたお客様の場合、前金として二倍の宿泊費をお預かりさせていただき、チェックアウト時に差額をお返しするシステムをとらせてもらっております」

「予約しないとダメだったのか？」

「大変申し訳ございません」

ヴォート城は基本的に飛び込みの宿泊客は受け入れていない。

都会の喧騒《けんそう》から離れてくつろいでもらうのが目的のホテルだ。客室数を十室に絞っているのも、手厚いサービスを提供するためである。

（お泊まりになるかしら）

空き部屋のベッドメイキングを頼むか否か。泊まると言ったらオリビアは大急ぎでバックヤードに伝達しなければならない。返事に耳をそばだてていると、ルイスと名乗った男は薄く笑った。

「予約が必要だとは知らなかった。『一番上の部屋はいつでも空けてある』と伺っていたものだから、急に訪ねて行っても良いものだと勘違いしていた。……ジョージ・クライスラー殿を呼んでいただけるだろうか？」

ジョージ・クライスラー。

祖父の名前だ。トニーが反射的にこちらに視線を送る。

オリビアは対応を代わった。

「ジョージ・クライスラーは一年前に他界しました。……初めまして、ラインフェルト様。わたしはジョージの孫娘のオリビアと申します」

他界した、と聞いたルイスは驚いたようだ。目を見開き、戸惑ったように哀悼の意を示した。

「……。ジョージ殿は亡くなっていたのか。……知らなかった。それはお悔やみを申し上げる」

「恐れ入ります。失礼ですが、ラインフェルト様は、祖父とはどのようなご関係だったのでしょうか？」

ルイスはオリビアよりもいくつか年上なだけに見える。

祖父の友人の息子、あるいは孫で、「いつでも泊まりにおいで」などという気前の良い約束でもしていたのかもしれないと思ったのだ。

「俺は……ジョージ殿の……、ゆ、ゆうじん、だ」

「え？」

「友人だ。きみがオリビアなんだね」

「わたしのことをご存じなのですか？」

「ああ。友人だからな」

やたら友人だと強調され、かえって訝《いぶか》しんでしまう。

ルイスは懐から手紙を取り出した。

「これはジョージ殿からいただいた手紙だ。この手紙の通りなら、俺はいつでもこのホテルに滞在していいことになっている」

差し出された封筒の表書きは『親愛なる精霊師殿』。

祖父の字だ。

懐かしい筆跡に胸がぎゅっとなったが、それはそれとして……。

「……拝見しても構いませんか？」

「どうぞ」

受け取ったオリビアは、既に一度開けられている封筒から便箋《びんせん》を取り出した。柔らかいクリーム色の便箋は、このホテルで使われているものだ。

『この鍵《かぎ》をきみに預ける。

我が古城ホテル最上階の客室の鍵だ、いつでも訪ねてきて欲しい。

そして、もしも私の身に何かあった時——身勝手な頼みだということは分かっているが、どうか、オリビアのことをよろしく頼みたい』

（わたしのことを『よろしく頼みたい』ですって？）

……この人に？

なぜ？　どういう意図で？

季節の挨拶すら書かれていない短い手紙から読み取れる情報はほとんどない。

封筒の中には真鍮《しんちゅう》製の鍵も入っていた。

ヴォート城で使われている鍵だ。どの客室も、お客様にお預けする鍵が一本、掃除やベッドメイキングで入室するためのスタッフ共用の鍵が一本、……そして、マスターキーは支配人であるハワードが持っている。現在、お客様用の鍵がない部屋は。

「そちらは『精霊の間』の鍵ですね」

支配人室から出てきたらしいハワードがいつの間にかロビーに来ていた。

「先代から話は伺っております。もしも、『精霊の間』の鍵を持つ人物が訪ねてきたら、自分の友人としてもてなしてほしい、と。……私は現在、支配人を務めているハワード・オルセンと申します」

「はじめまして。ルイス・ラインフェルトだ」

「ラインフェルト様。ようこそ、ヴォート城へ」

「さっそくだが、部屋に案内していただいても？　長旅だったので足が疲れていてね」

「かしこまりました。こちらでございます」

支配人であるハワード自ら案内するつもりらしい。ハワードに歓迎されたことで、ルイスは心なしかホッとしているように見えた。祖父自ら鍵をあげたというのなら、それはもう超VIP待遇である。ベルボーイがすっ飛んできてルイスの鞄《かばん》を預かった。

(本当におじいさまの友人なのかと疑ってしまったけど……)

ハワードが知っているのなら信じていいのだろうか。

「オリビア、きみも一緒においで」

「え？」

いきなり親しげに呼ばれてきょとんとしていると、ルイスは苦笑した。

「強引に迫られて困っているように見えたんだけど、違った？」

「！」

そう言えば縦ロール男の霊がいたんだった。

ルイスがコンシェルジュデスクに向かって注意をする。

「そこのきみ、同意もなくキスを迫るのは紳士的ではないな」

『……フッ、確かに強引にレディの唇を奪おうとするなど、紳士の行いではなかったな。潔く非を認めよう！』

縦ロール男は消えた。突然、誰もいない場所に向かって意味不明なことを言い出したルイスに、トニーやドアマンは首を傾げていたが……。

（この人、霊が見えるんだ！）

祖父の手紙の表書きには、精霊師と書かれていた。

〝どうか、オリビアのことをよろしく頼みたい〟

もしかして、祖父は霊感のある孫娘のために、密《ひそ》かに頼れる相手を探してくれていた……？

「は、はい。ご一緒させていただきます！」

オリビアは小走りでルイスの元に駆け寄った。

ヴォート城の客室は、一階に二室、二階に八室あり、それぞれの部屋には名前がつけられている。

例えば、薔薇《ばら》園にもっとも近い部屋は『女王の間』。

木製の彫刻や調度品が多く配置された『フクロウの間』。

家族用にベッドを四つ配置した『チェスの間』など。

部屋ごとに内装も変え、何度宿泊されても新鮮な気持ちで過ごしていただけるように趣向を凝らしている。

階段を上りながら、ハワードがルイスに説明をした。

ルイスが鍵を持っている『精霊の間』は三階だ。三階には予備の客室が数室とビリヤードルーム、バーラウンジなどがある。レストランホールは二階で、部屋食の希望がなければ、朝と夜はこちらで食事が供される。

（おじいさまが『精霊の間』を客室として開放しなかったのは、単に利便性が悪いからだと思っていたわ）

コーナースイートのため部屋自体は広いが、入り口からもレストランホールからも遠く、窓の外は狩猟棟の屋根が邪魔をして絶景とは言い難い。

ハワードが鍵を差し込み、扉を開ける。

中を見たオリビアはうっと呻《うめ》いて目を逸《そ》らしたくなった。手前がゆったりとしたリビングルーム、奥に寝室とバスルームがある良い部屋なのだが……。

ベッドに寝転がる中年男。

ソファに座りカードゲームに興じているらしい三人の貴族。

空中で剣を素振りをする騎士。

床に座り込む鹿。

シクシク泣きながらバスルームから出てきた令嬢。

なんだかよくわからないがブンブン飛んでいるいくつもの光の玉。

――ずっと使っていなかった客室は、すっかり幽霊部屋と化していた。

もちろん、霊たちは人間が現れたところで驚いたりはしない。

ベッドに寝転がっていた男は尻《しり》を掻《か》き、貴族たちはカードに意識を戻し、騎士は素振りを再開し、鹿はまったりとくつろぎ、令嬢は壁に頭をつけてシクシク泣き……。唯一、光の玉だけがこちらに飛んできた。

思わず身を引いたオリビアの前で、光の玉たちはじゃれるようにルイスの周囲にまとわりつく。

「……これはすごいな」

ルイスは苦笑していた。きっと彼の目にはオリビアと同じものが見えているのだろう。

この霊まみれの部屋が。

しかし、ハワードの反応は違う。苦笑いしたルイスの表情から、部屋の状態をお気に召さなかったと判断したらしい。

「大変失礼致しました。清掃は定期的に行っていましたが、やはり少々空気がこもっているようですね」

（こもっているのは空気じゃなくて霊なんだけど……）

ハワードはスタスタと部屋を横切ると窓を開けた。

彼は見えていないくせに誰にもぶつからず、鹿の脚も踏むことなく窓辺まで歩く。

「………」

その様子を、ルイスはじっと見ていた。

張り出し窓からは気持ちのいい夜風がさあっと入ってくる。

オリビアの短いボブヘアが少しだけ乱れた。その横で、ルイスの銀糸のような髪が美しく靡《なび》く。

ルイスの美貌《びぼう》も服装も、このアンティークな部屋によく似合っている。オーク材のベッドと書き物机も、赤いベルベットのソファも、たっぷりしたドレープのカーテンも……。古い絵本の中に迷い込んでしまったかのようだ。

(「友人のための部屋」か。この部屋の調度品はラインフェルト様をイメージして選んでいたってことなのかな……)

「いい風だ。ありがとう、ハワード殿」

「窓はしばらく開けておきましょうか。虫が入って来るので、電気は消して構いませんか」

「ああ、構わない。月明かりでじゅうぶんだ」

「すぐにベッドメイキングを呼びましょう。長年使っていなかった部屋ですので、不便な点などありましたら遠慮なくおっしゃってくださいね」

「ありがとう。それじゃあ、すまないが……皆、出ていってくれるか？　今日からここは俺の部屋なんだよ」

ルイスは穏やかな口調で言った。

部屋の中にいる霊たちに向かって。――それが分かったのはオリビアだけだ。

ハワードは頭を下げた。

「もちろんでございます、ラインフェルト様。すぐにお暇《いとま》させて頂きます。先代からもおもてなしするように申しつかっておりますので、どうぞご自分の部屋だと思っておくつろぎください。では、失礼致しました」

これに慌てたのはルイスだ。

「え？　もう行ってしまうのか？　良かったら、このまま城の設備や食事の時間などの説明でもしてほしいのだが。一人でいても退屈だし……」

「よろしいのですか？　我々はすぐにでも出ていった方がよろしいのでは？」

（ああ、大変だ。会話が嚙《か》み合っていない……！）

ハワードからしたら、「出ていけと言ったり、引き留めたり、どっちなんだ」だろう。

頭に浮かべた疑問符が見えるようだ。

だがもちろん、祖父の友人を名乗っているルイスに対し、恭しい態度は崩さない。

「では、オリビアを残しましょう。彼女は当ホテルのコンシェルジュです」

「こん？」

「コンシェルジュ。宿泊されるお客様の総合世話役です。お客様のお困りごとの手助けを致します」

「なるほど。では、オリビアにお願いしよう。話したいこともあるし」

視線を向けられたオリビアはドキリとした。こちらもルイスに尋ねたいことは色々とある。

話が纏《まと》まると、ハワードはほっとしたように引き下がった。

「では、私はこれで失礼させていただきます」

「ありがとう、ハワード殿。ああ、すまないが、一つ聞いてもいいだろうか？」

「なんでしょう」

「この城には鹿の剝製《はくせい》がないか？」

「鹿の剝製ですか？　ええ、ございますよ。狩猟は貴族のたしなみでしたから、この城にも剝製や猟具などがたくさん残っております。お子様やご婦人には苦手な方もいらっしゃるようですから、今はそちらの窓から見える狩猟棟に展示してあります。どなたでも自由に見学できますよ」

「良かったら、掃除の回数を増やしてやってくれないだろうか。自分の身体が丁寧に扱われている様子を見れば、この鹿も喜ぶと思うのだ」

虚空を指差して鹿を紹介したルイスに、ハワードは一瞬顔を引き攣《つ》らせたが、

「…………。……かしこまりました。清掃担当に伝えさせていただきます」

ニコッ！　と完璧《かんぺき》な笑顔で扉を閉めて出ていった。

祖父の知り合いだから丁寧に接しているだけで、「変な奴が来た」と思っているのは間違いなさそうだ。

床に寝そべっていた鹿は、感謝の意を示すようにルイスに身を摺《す》り寄せて消えた。いつの間にか他の霊たちもいなくなっている。

「ふう。これでくつろげそうだな」

ルイスが白いローブの留め具を外すのを見ながら、オリビアは緊張気味に声を掛けた。

「……ラインフェルト様。改めてお話をお伺いしても構いませんか？」

「うん？」

「祖父とはどういったお知り合いで？　それに、手紙にあった『オリビアを頼む』というのは、いったいどういうことなんでしょう。なぜ祖父は、あなたにこの部屋の鍵《かぎ》を？」

ローブを脱いだルイスがソファに座る。

中に着ていた服は、ごく普通の白いシャツにベスト、ベストと色を合わせた濃いグレーのスラックスだ。ゆったりと足を組んだルイスの手足は長く、容姿も整っているので、高級ブティックのモデルにでもなれそうだ。

ほうっと見とれそうになる。

そんな彼の側に、青白い光が灯《とも》った。

「――見えるんだろう？　きみも」

月明かりだけの薄暗い部屋の中、微笑む姿には妙な迫力があった。

部屋のあちこちを飛んでいた光の玉がルイスの肩や頭に止まる。彼の美貌と相まって現実味がない。この世とあの世の境目にいるような、そんな不思議な感覚だ。

「ラインフェルト様も、……見えるんですね？」

「見える。おそらくきみよりもたくさん、はっきりとね」

ルイスの言葉はオリビアに静かな感動をもたらした。

同じものが見える人に会ったのははじめてだったのだ。

頭がおかしい。妄想癖。幻覚。

霊が見えると口にすれば、否定され続けてきた。

肩の力がどっと抜ける。『オリビアのことをよろしく頼みたい』。やっぱり祖父は、オリビアを心配して、理解者となってくれる相手を見つけてくれたのだ――……。

「どうしたの？」

「いえ、あの、霊が見える人に会ったのは、はじめてだったので……」

「そのようだね。ジョージ殿はきみのことを心配していたよ」

「おじいさまは、なんて……？」

「孫娘に霊が見えるらしい。そのせいで家族や友人とうまくいかなかったようだ。今は明るく振る舞っているが、時々何もないところを見ては怯《おび》えたような表情をしている。何もしてやれないのが歯痒《はがゆ》い、と」

オリビアが「見えないフリ」をしていたことは、祖父にはバレバレだったようだ。

心配をかけたくないと霊に関することは一切口にしなかったが、祖父は頼ってこない孫娘の姿に何か思うところがあったのかもしれない。鼻の奥がツンとした。

「手紙を貰《もら》ってからずいぶん経ってしまったけれど、様子を見に来たよ」

「ラインフェルト様……」

「ルイス、と呼んでくれて構わない」

こっちにおいで、と優しくソファを叩《たた》かれた。

微笑まれたオリビアはおずおずと隣に座る。

自分と同じように霊の姿が見え、祖父に頼まれてこのホテルにやってきた青年。しかも、すこぶる見目麗しい。なんだかどきどきしてしまう。

この人には霊やポルターガイストの話をしても否定されることはない。

これまで背負って来た重荷を下ろしてもいいよと言われた気がして、オリビアの瞳《ひとみ》は潤んだ。

「わたし、……わたし、ずっと困っていて……」

「うん」

「誰にも相談できなかったんです。霊が見えること」

切実な顔をして訴えると、ルイスは頼もしげに頷《うなず》いた。

「俺が来たからにはもう心配いらないよ」

「ルイスさん……っ！」

救世主だ。なんて頼もしい。

もうこれで霊に怯えて暮らさなくてもよくなるかもしれない。

両手を組み合わせたオリビアに、ルイスは自分の胸をドーンと叩いた。

「霊と仲良くする方法を知りたいんだろう？　任せてくれ！」

「いや、違います」

オリビアは突っ込んだ。なんで霊と仲良くしなくちゃならないんだ。

相手が客ということも忘れて批判するような声を上げてしまい、慌てて取り繕う。

「わたしが知りたいのは霊を追い払う方法です。この城から霊を一掃してください」

「一掃？　なんで？」

「なんでって……、霊がウロウロしていて怖いからですよ。この城、そこら中に霊が出るし、鉢合わせるたびにびくびくするのは嫌なんです。さっきだって、変な男にキスされそうになるしっ」

『呼んだ？』

「――――ッ！」

テーブルからにゅっと顔を出した縦ロール男の姿に息を呑《の》む。

こういう不意打ちの恐怖体験から解放されたいのだ。

「は、はやく、追い払ってください」

オリビアが訴えかけるも、ルイスは「きみは、彼に付きまとわれるようなことをしたの？」と問いかけてくる。

「なんにもしていません」

『いいや、レディ。キミには罪がある』

罪ってなんだ。この男に恨まれるようなことをした覚えなんてない。

『ボクの心を盗んだ罪サ！　このハート泥棒め』

「早く追い払ってください」

こんなのに付きまとわれたら堪《たま》ったものではない。

オリビアは心の底から訴えているのに、ルイスはくすくす笑った。花が綻《ほころ》ぶような美しい顔に見とれそうになるが、彼の口から出てきたのは、「まあ、そんなことは言わずに」というオリビアを宥《なだ》める言葉だった。

「きみの名前は？」

『ナサニエルだ』

「ナサニエル君に害意はないようだ。さっきのように無理やりキスを迫るというのは良くなかったね。幽霊だからといって何をしても許されるわけじゃない」

『反省している』

「どうしてあんなことをしたの？」

『彼女が初恋の相手に似ていたからつい……ね。どうせ気づかれないと思って、つい魔が差してしまったのサ。許しておくれ、レディ』

「オリビア、彼はこう言っているよ」

ナサニエルに謝られたが、オリビアとしては不満だった。

「しゃ、謝罪は、受け入れます」

『良かった！　許してくれてありがとう、レディ！』

「でも、だからといってこの人がわたしに近寄るのを許したわけじゃありません。わたしは、この人にキスされそうになったのが嫌で追い払って欲しいんじゃなくて、そもそも霊と関わりたくないんです。ルイスさんは精霊師なんでしょう？　この人の魂を天国に送ってあげてくださいよ」

　これまで会った自称霊能者たちは、みな自然豊かな山奥や人里離れた場所に住み、よくわからない祈禱《きとう》や、まじないや、珍奇な道具で、霊を追い払うだとか清めるだとかの行為をしていた。「ホンモノ」であるルイスの古めかしいトランクの中にも、きっと除霊グッズのようなものが詰め込まれているに違いないと思ったのだ。

「天国に、送る？」

「えっ、ええ……」

　ルイスは困ったような顔をした。

「……何か勘違いしているのかもしれないけど、精霊師は常人には見えない霊魂——幽霊や、妖精《ようせい》や、精霊の声を聴くのが仕事だ。ナサニエル君が今すぐ天国に行きたいと言うならともかく、この世に留《とど》まりたい理由があるのなら追い払う気はないよ」

「でっ、でも、わたしは、迷惑しているんです」

「ナサニエル君がきみを祟《たた》り殺そうとしているなら対処は考えるけど」

『ノンノン。そんなことしない』

「と、言っているし」

「じゃあ、このまま放置しておくんですか？　ルイスさんはわたしのことを助けてくれるわけじゃないの？」

「助けるよ。きみとナサニエル君が仲違《なかたが》いした時には、責任を持って仲裁しよう」

そんな。

溜息《ためいき》のような声が漏れてしまう。オリビアはてっきり、ルイスが除霊してくれるものだと思っていたのだ。

「でも、おじいさまの手紙には『オリビアを頼む』って。わたしを霊のいたずらから守ってくれるという意味じゃないんですか？」

「え？　きみがこの城の霊とうまく付き合っていけるように相談に乗ってやってくれということでは？」

どうしておじいさまは、もうちょっと具体的に書いておいてくれなかったんだろう！

孫娘を頼むなんて手紙は、普通ならば後見人になってほしいとか、結婚を認めるといったニュアンスだ。だけど、ルイスにそんな気はこれっぽっちもなさそうだ。おまけに霊と仲良くなる方法だなんて、祖父がそんなことを頼むわけないじゃないか。オリビアが故郷でうまくいかなかったことを知っている祖父が……。

「ルイスさんは、霊が見えるせいで嫌な思いをしたことはないんですか？」

「ない」

ルイスはきっぱりと言った。わたしたちの間には、どうやら理解し合えない深い溝が存在するようだ。ルイスはおもむろに腹をさすった。

「ところでオリビア。食事はどこでいただけるのかな？　お腹が空《す》いたんだが」

「あ、えと、お食事は二階のレストランホールで召し上がれます。朝は七時から九時まで、昼は十一時から十三時までのお好きな時間に、夜はコース料理となりますので十八時着席です」

職業柄、聞かれればすらすらと答えてしまう自分が恨めしい。

ルイスは「十八時……」と呟《つぶや》くと侘《わび》しそうに腹を押さえた。既に二十時近くだ。デザートも出終えた頃だろう。

「よろしければ何かお部屋に届けさせましょうか？」

「ああ、助かった。空腹では眠れないからな」

「かしこまりました。では、厨房《ちゅうぼう》係に伝えますね。失礼します……」

もうルイスに相談を続ける気力は失われている。オリビアは立ち上がって一礼し、肩を落としながら部屋を出ていこうとした。

「どうしたの？　急に元気がなくなっちゃったみたいだけど、オリビアもお腹が空いている？　よかったらきみも一緒に食事をとろうよ。ナサニエル君も一緒にどうだい？」

『ボクは死んでいるから食事はとれないけれど、気分だけでも味わおうかな』

「……わたしは結構です」

「そう？　寂しいな」

『寂しいなぁ。じゃあ、勤務後に声を掛けようか、精霊師殿。レディ、仕事が終わったら、このボクが迎えに行って進ぜよう。二人の秘密の待ち合わせ場所を作ろうか。それとも、ボクがキミの部屋を三回ノックしたら出てきてくれるってのはどう？　合言葉は、『月が綺麗《きれい》だよ』ってボクが言ったら、キミの返事は……』

「お・こ・と・わ・りです」

ぺらぺら喋《しゃべ》るナサニエルに向けてぴしゃりと言い放った。

「わたしは霊と仲良くする気はありません。ルイスさんにはせっかくお越しいただいたのに申し訳ありませんが、わたしは霊と話したくない・見たくない・関わりたくない人間ですので、ルイスさん……いえ、ラインフェルト様のお力をお借りすることはないかと思います。……あなたも、二度とわたしに話しかけないで」

ナサニエルを睨《にら》む。『怖いレディだ』という声が聞こえたが、無視して扉を閉めた。

廊下にはまたあの赤いトサカをつけた騎士の霊が立っている。

このストーカー騎士め。オリビアは彼の前を早足で通り過ぎた。

◇

「あら、おはようオリビア。聞いたわよ、ちょー美形の許嫁《いいなずけ》がいるんですって？」

朝六時。従業員用の食堂に入ると、住み込みで働いている清掃係のメアリに声を掛けられた。

ふわふわの猫っ毛に垂れ目。メアリは童顔で二十代半ばくらいに見えるが、オリビアがこの城に来た時から見た目が変わらないので、実際は何歳なのかわからない。

オリビアはメアリの隣に座ると、向かいに座るフロント係のトニーをじろりと睨んだ。

「許嫁じゃないわ。トニー、誤解されるようなことを吹聴しないで」

「え？　だって先代からの『孫娘のことをよろしく頼む』って手紙を持って現れたってことは、つまりそういうことでしょ？」

「ちょっと、どうして手紙の内容を知っているのよ」

「ハワードさんに聞いたんです」

「…………」

まあ、あの場にはトニーもいたのだ。ハワードの対応や、ルイスがオリビアのことを知っていた様子から、手紙の内容をある程度は推察できただろう。「もしかして、お嬢の許嫁ですか？」とハワードに聞き、それに対して手紙の内容を教えたのだろうが……。

「違ったんすか」

「違うわ。ハワードが言うには、『もしも、あの部屋の鍵《かぎ》を持って現れる人がいたら、自分の大切な友人だからもてなしてやってくれ』っておじいさまが言っていたらしいの。あの鍵はご友人にプレゼントしたもので、『精霊の間』は彼のための部屋なんですって」

「へえ、よっぽど親しい仲だったのかしら」

「……だから、ハワードは宿泊費をとらないって」

「いつまでの滞在なの？」

「……さあ」

「ええ？　ずっと居座る気だったらどうするんすか」

二人の気持ちはわかるが、ルイスはこのホテルに招待されたと思っているのだ。

ハワードも祖父から「もてなしてやってくれ」と言われている以上、宿泊費を払えと請求しにくいらしい。

「本人も客扱いしなくていいとおっしゃっているそうだけど……」

「そういうわけにもいかないでしょ。食事や掃除だって必要だし、ほったらかしにするわけにはいかないんだから」

清掃係のメアリは真面目な顔をしつつも、「すっごい美形なんでしょ。見たい。喋りたい」とミーハー心を隠さないでいる。

「あ、俺、さっそく朝一で声を掛けられましたよ。日が昇ったから外へ出ても大丈夫かって」

「ああ、お散歩？」

朝食前に庭園の散歩をしたいというお客様はそれなりにいる。

「と、思ったんすけど、外に出たらすぐに戻ってきてー」

トニーは困ったように笑った。

「『廊下で妖精が迷子になっていたから逃がしてあげた』んですって」

「妖精《ようせい》？」

メアリはくすっと笑った。

「確かにこのホテルには妖精さんが住み着いていてもおかしくはないわねー。精霊師、だったっけ？」

「そう、精霊師。いるんすねー、ああいう、見える人って。俺はそういうのまったく信じませんけど」

「そう？　あたしは信じるわよ。オリビアも信じるタイプよね」

「えっ？」

メアリに水を向けられたオリビアはぎくりとしたが、すぐに笑って誤魔化した。

「あっ、うん。この城、絶対いるよー。築三百年だもん」

「この子ったら、自分の部屋に塩置いてるのよ。どっかの国のおまじないで、お皿に塩を置いておくんですって」

「塩～？　それなんか意味あんの？」

「いやー、意味はないかもしれないけど……、ほら、夜に一人で部屋に居る時って、オバケとか出そうで怖くってぇ……」

冗談めかして言うと、トニーもメアリも「怖がりだなぁ」と笑ってくれた。

やっぱり、霊なんて大抵の人は信じないものなのだ。「なんとなく怖い」「オバケが出そう」という気持ちは共感してもらえるのに、ルイスのように「妖精を外に逃がしてきた」なんて言おうものなら、途端に作り話めいた感じを与えてしまうらしい。

このままルイスが堂々と振る舞うのなら、あっという間にホテル内で変な噂が立ちそうだ。


ルイスのことは気になるものの、四六時中彼を見張っているわけにはいかない。

チェックアウトのお客様を見送ったオリビアは、中庭のベンチに座っている女性の姿が気になった。石畳が敷かれ、小さな噴水もある憩いの場だが、女性は背中を丸めて疲れた顔をしている。具合が悪いのかもしれないと思って声を掛けた。

「こんにちは、シルベスト様」

「あら、こんにちは」

「顔色が優れないようですが、いかがなさいましたか？」

「……やだわ、あたしったら、疲れた顔をしてた？」

シルベスト夫人は昨日チェックインしたお客様で、高齢のご両親を連れての宿泊中だ。明るい性格らしく、大仰に両頬に手を当て、げっそりした顔を作ってみせた。それから肩に手を当てたり、首を捻《ひね》ったりしてみせる。

「なんだか最近肩凝りがひどいのよ。あんまり寝た気もしないし。歳だから仕方ないと思うんだけど、困ったものね」

「いえ、お疲れなんですね」

気遣うように微笑みながらも、オリビアには原因が見えていた。夫人の肩には黒っぽい靄《もや》がかかっており、よくよく見るとそれは人間の手だったのだ。

（ルイスさんなら解決できたりするのかしら）

精霊師の顔がよぎる。

だが、霊に憑《つ》かれたお客様というのはシルベスト夫人に限った話ではない。これまでにもそういったお客様を何度も迎えてきた。オリビアは霊のことは置いておいて冷静に対処する。

「ここから車で二十分ほどの街に、良いアロママッサージのお店がありますよ。車で送迎もできますし、よろしければ空きがあるか確認いたしましょうか？」

「まあ、アロママッサージ？　いいわねぇ、癒《いや》されそう。お父さんたちはこのホテルでのんびりしているだろうし、ふらっと行ってこようかしら……」

「では、お店に確認してみますね。少々お待ちくださいませ」

オリビアはにっこり微笑んでデスクに戻った。

あ、今わたし、すごく「コンシェルジュっぽい」。

受話器を取り上げて状況を確認すると、問題なく予約が取れそうだった。空き時間のメモを取り、意気揚々とシルベスト夫人の元へと戻る。

（わたしには霊を追い払うことはできないけど、お客様がくつろげるようにできること

はあるわ）

しかし、なぜかそこにはルイスがいて、夫人を大いに困惑させていた。オリビアは急ぎ足で立ち話をしている二人に近寄る。

「どうかなさいましたか？」

「ああ、あの、コンシェルジュさん。この方が……」

「この人に霊が憑いているようだったから教えてあげたんだ」

ルイスが得意げに女性の左肩を指す。

「うーん……。どうやら、あなたのご先祖様の霊みたいだね。最近、お墓参りに来てくれないから怒っているみたいだ。ええと、もう十年以上かな？」

「そ、それは、あの、忙しくて……」

「もちろん、そうだろうね。だけど、一度顔を見せに行ってやるといい。この方はきみのおばあさんかな。――あ、大叔母《おおおば》の、マチルダさん？　どうも失礼しました。このご婦人が花を手向けに行ったら、怒りを収めてくれますか？」

「ラインフェルト様」

オリビアはルイスの話を遮った。

前半はシルベスト夫人相手の話だが、後半は完全に霊に向かって喋りかけている。シルベスト夫人は顔を引き攣《つ》らせてルイスを見ていた。

「あ、あなた、いったい、なんなんです？　なぜ、マチルダ大叔母さんの名前を知っているの？」

「ああ、突然すみません。俺は精霊師のルイス・ラインフェルトと申します。霊に憑かれているせいで身体に影響が出ているようだったので、お伝えするべきかと思いまして」

「霊……」

シルベスト夫人は気味が悪そうに背後をきょろきょろしたり、肩の辺りを触ったりした。

「あたし、マチルダ大叔母さんにとり憑かれているの？」

ぶるっと身震いした夫人に、ルイスは笑顔で追い打ちをかけた。

「大叔母さんだけじゃありませんよ。あなたの親族一同が肩に乗っかって――」

「ごほん、シルベスト様」

オリビアは咳払《せきばら》いと共に電話のメモを差し出した。ルイスの発言を再び遮る形で話に割り込む。

「お店のご予約が取れそうです。本日十五時か、十六時でいかがでしょうか」

「え……、ああ、そうね。じゃあ十五時に……」

「かしこまりました。では、そのように手配させていただきます。十四時三十分になりましたら、ロビーまでお越しいただけますか」

「…………」

「シルベスト様？」

「え、ええ！　ありがとう」

心ここにあらずな夫人はメモを受け取ってもその場にとどまった。

オリビアはその間にルイスの袖《そで》を引っ張る。

「ラインフェルト様はこちらへ」

「どうしたんだ、オリビア。顔が怖いぞ？」

不思議そうなルイスを連行するオリビアだったが、シルベスト夫人は二人を追いかけて来た。「ちょっとあなた」とルイスを呼び止め、そして周囲に目を走らせると早口で言う。

「お墓参りに行けばいいのね⁉」

「え？」

「だから――お墓参りに行けば祟《たた》られないようになるの？」

ルイスは「ええ」と頷《うなず》いた。

シルベスト夫人はほっとしたような、居心地が悪いような、中途半端な会釈を残して逃げるように去って行く。半信半疑だったようだが、最終的にシルベスト夫人はルイスの言うことを信じたのだ。

「祟りっていうほどでもないんだけど……。まあ、いいか。あのご婦人が元気になれそうで良かったね」

ルイスはニコニコ顔でこちらを振り返ったが、オリビアはシルベスト夫人が去った方向を見つめたまま、硬い表情で口を開いた。

「……………。大変申し訳ありませんが、他のお客様を驚かせるような発言は控えていただけますか？」

「驚かせるつもりなんかない。霊が憑いていることに気づいていないようだったから、教えてあげただけだよ」

「いきなり見ず知らずの相手から『霊が憑いていますよ』と言われたらびっくりします。あの方から、体調が優れないと相談されたわけではないのでしょう？」

「そうだけど、見て見ぬふりはできないよ。解決方法を教えてやるのが親切というものだろう？　きみは違うの？」

「わたしには解決方法はわかりません。ですが、お疲れがとれるようにとアロママッサージの提案をしました」

「マッサージじゃなんの解決にもならないよ」

ルイスに笑われたオリビアは、かあっと頰が熱くなった。馬鹿にされたように感じたのだ。

「そんなことはわたしだってわかっています。でも、わたしに霊を追い払うような力はありませんしっ」

「マチルダ大叔母さんの話を伝えればいいだけじゃないか。ハワード殿から聞いたよ。きみはお客様が喜んでくれることを一生懸命考える、素敵なコンシェルジュなんだって。

きっと、霊の気持ちを聞いてあげるのも上手だと思うけど」

「霊はサービスの対象外です」

拒絶しながらもオリビアは悩んでしまう。

確かにマッサージの提案は気休めだ。根本からの解決にはならない。

……オリビアもルイスのように「霊が憑いているせいです」と言えば良かった？

そんな姿を想像して首を振る。子どもの頃のように変人扱いされるのは嫌だ。

「とにかく、いきなりお客様に霊の話をするのはおやめください」

シルベスト夫人には心当たりがあったようだが、もしかしたら怒り出してしまうお客様だっているかもしれないのだ。

「もしもお客様からクレームが来たら、わたしたちはラインフェルト様の滞在を歓迎できなくなるかもしれません。祖父のご友人を追い出すようなことはしたくありませんから、場所や相手の様子などに配慮していただけませんか」

「……わかった。善処するよ」

ルイスは納得してくれた。しかし、その数時間後……。


〝二番庭園で銀髪の男がずっとひとりごとを言っているとクレームが来ています〟

スタッフの一人がデスクにそっとメモを置いて行った。

〈ただいま席を外しております〉の札を立てたオリビアは二番庭園へと急行する。

ルイスは、テラス席で軽食をとっていた。

バターと蜂蜜《はちみつ》がたっぷりかかったパンケーキを上品に切り分けて口に運んでいる。大輪のダリアを背景に優雅に食事を楽しむ姿は、異国からやってきた王子様のようだ。

「ラインフェルト様」

オリビアが現れると、ルイスは「おや、オリビア」と明るく迎えてくれる。

「きみも一緒にどうだい？……と言いたいところだけど、席がないね」

ルイスの向かいの席は、何も知らない人が見たら空席だろうが、残念ながらオリビアの目には若い女性の霊が見えている。クリノリンでスカートを膨らませ、髪も昔風に高く結い上げている令嬢は、顔を覆ってシクシク泣いていた。

昨夜、『精霊の間』にいた幽霊だ。ルイスは勝手に説明し始める。

「俺が追い出してしまったのがそんなに嫌だったんだろうか。お茶に誘ってみたんだけど、ごらんの通り口も利いてくれなくてね。ねえ、きみ。そろそろ顔を上げてはくれないか？」

ルイスは、テーブルに飾ってあった花を抜いて霊に差し出した。

コロンとした丸いフォルムの小ぶりな花瓶に生けてあるのは、ホテルの庭園で朝摘まれたばかりのゼラニウムだ。

令嬢は差し出された花を受け取りもせずに消えた。

ふむ、と困ったルイスは、それをそのままオリビアの方へとスライドさせる。

「では、良かったらきみに」

「結構です」

笑顔で断ると、ルイスは気圧《けお》されたような顔をした。そっとゼラニウムを生け直す。

「どうして怒っているんだ？　今回はお客さんに霊の話をしたりしていないよ」

「ひとりごとを言っている男性がいると、心配なさったお客様が連絡くださったんです」

「ひとりごとじゃない。彼女が泣いているから心配していたんだ」

これが人間相手だったら親切な美男子に見えただろうが。

「残念ながらひとりごとにしか見えないのです」

オリビアは毅然《きぜん》とした態度に見えるように背筋を伸ばす。

「他のお客様には霊の姿は見えません。いくらラインフェルト様が精霊師だと説明しても、一般的には馴染《なじ》みのない職業でしょう。他のお客様の理解を得るのは難しいかと思います」

「つまり、俺はどうしたらいいんだ？」

「霊とお話をされるのであれば、人目のない、ラインフェルト様のお部屋をお使いになったほうがよろしいかと」

「……なるほど？」

パンケーキを口にしたルイスは、口をもぐもぐさせながら納得する。

「黙れっ！　お前に何が分かるんだっ！」

夕刻。お客様が鍵《かぎ》を落としたというので手分けして庭園を捜していると、噴水の側で壮年の男性客が怒鳴っていた。怒鳴っている相手はルイスだ。オリビアは条件反射のようにすっ飛んでいった。

「お客様、どうなさいましたか」

また霊がらみのことでルイスが何かやらかしたのかと警戒する。男性客はカンカンだった。

「ああ、オリビア。この方が泣いていたので励ましたつもりなんだが……、なぜか怒ってしまってね」

「励ますだって⁉」

呑気《のんき》な口調のルイスとは反対に、男性客は真っ赤になって怒る。

「俺は、三年前に女房を亡くしたんだ！　娘夫婦が誘ってくれて旅行に来たが、女房も一緒に連れてきてやりたかったと思ったら、悲しくて……。なのに、この男は『人が死ぬのは仕方のないことだよ』なんて笑いやがった！」

「笑ってなんかいない。あなたが『自分も妻の後を追って死んでしまいたい』と言うから、人が死ぬのは当たり前のことなんだから、そんなことで死んでどうするんだと言ったんだ」

「そ、そ、そんなことだって！　この野郎！」

「だってそうだろう。あなたが死んだところで奥さんは生き返るわけじゃないし、無駄死にじゃないか」

「む、無駄死にだとっ」

男性客がルイスの胸倉を摑《つか》んだため、オリビアは慌てて二人を引き離す。

「落ち着いてください！　えと、つまり、ラインフェルト様は命を粗末にしてはいけないと言いたかったのですね！　ですけど、誰もが皆、大切な人との別れを割り切れるわけではございません。悲しみに浸る時間も必要です！」

必死に声を張り上げたところで、騒ぎを聞きつけた男性客の家族がやって来た。

立腹して去って行く男性客一家に、オリビアはぺこぺこと頭を下げる。

「なぜ俺は怒鳴られたんだろうか？」

ルイスは最後まできょとんとしていた。

「あのですね、……ラインフェルト様の言いたいことはわかります。後追いしたいなんて言わずに前向きに生きよう、という趣旨のことがおっしゃりたかったんですよね」

「そうそう」

「それなら、もっと心配した感じの言い方をすれば誤解されなかったのではないかと思います。あんな言い方をしては、ナーバスになっている方の神経を逆なでしてしまいます」

「きみはどうしてそんなことがわかるんだ？　さっきの人にそう言われたのか？」

「言われていませんけど、察するっていうか」

「察する」

「空気を読むというか……」

「空気を読むとは？　俺は間違ったことは言っていない。こんなところで死なれたらきみだって迷惑だろう？」

「あの人はそれだけ奥様を愛していたってことなんでしょう」

ルイスは「愛……」と呟《つぶや》いて首を捻《ひね》った。

この精霊師には情緒というものがないらしい。もしかして、ずっとこんな調子で生きてきたのだろうか。

「えっとー、えー……、ラインフェルト様にご家族は？」

「家族はいない。俺は幼い頃に師匠に拾われて面倒を見てもらったんだ」

「じゃあ、その師匠さんが死んでしまったら悲しいですよね。思い出に浸ったり、悲しんだりしている最中に、見ず知らずのわたしが『元気出して行こ～！』と声を掛けたら、不愉快に感じませんか？」

「師匠はもう死んでいるよ」

「えっ、す、すみません！」

不適切な例えを出してしまった。

慌てるオリビアに、ルイスは微笑む。

「悲しかったけど、師匠が言っていたんだ。人はいつか死ぬものだ。いつまでも悲しみに囚《とら》われていてはいけない、と。師匠と同じことを言ったつもりなんだが……、どうもうまく伝わらなかったようだ。師匠にはよく、『お前は人の感情の機微に疎すぎるから気を付けなさい』と言われたものなんだけど、難しいね。『中身空っぽの木偶《でく》め！』と言ってきた相手もいたくらいだし、俺はこういうのが苦手なようだ。あっはっは」

「はあ……」

なんとコメントしていいかわからなくて曖昧《あいまい》に返事をする。

オリビアは、自分が殊更に人の顔色を窺《うかが》う性格だということは自覚していた。霊が見えるせいで周囲を不快にさせているらしいと知ってからは、特に他者の感情には敏感だ。話している最中に目を逸《そ》らされれば、嫌われたのではないかと不安に思うし、優しくされれば、相手に気を遣わせていやしないかと気を揉《も》んでしまう。

どうもルイスはオリビアとは正反対の性格のようだ。

人にどう思われても気にしない。自分の思ったことは、歯に衣着《きぬき》せず口にする。ある意味、とても正直な人だ。

今の話も、別に自虐という訳でもなく、「こんなこと言われてまいっちゃったよ」と明るい失敗談として語っている。

「あ、ごめん。この後、エスメラルダ三世と約束があるんだ。もういいかな？」

「えっ、あの……」

「そうそう、今日は悪い風が吹きそうだから気を付けてね」

ルイスはオリビアの肩をポンと叩《たた》くと去って行ってしまった。

「……エスメラルダ三世って、誰……」

ルイスのことだから、多分、精霊とか幽霊とかだろう。

なんだかどっと疲れてしまった。

◇

「もう放っておいたら？」

夕食の席でトニーに呆《あき》れられた。

「昨日からずっと、あっちに行ったりこっちに行ったり……、ラインフェルト様だろ？」

オリビアはスプーンを持つ手を止める。

ルイスがやってきてからというもの、コンシェルジュデスクを空けてばかりだ。白いローブの男があちこちでひとりごとを言ったり、目に見えない何かを追いかけていたりといった報告が絶えないのだ。それまで閑古鳥が鳴くコンシェルジュデスクにいたのが嘘のように、ホテル内をあちこち飛び回っている。

「ハワードさんに言って追い出してもらえよ。業務に支障が出ますって」

「……でも、おじいさまのお客様だし、追い出すのは……」

「追い出すまでいかなくても、他のお客様からの苦情が出ているんなら、支配人の立場からラインフェルト様に注意してもらうのは有効な手段だろ。どうせお嬢のことだから、ハワードさんに泣きつきたくないんだろうけど」

「…………」

図星を指され、無言で賄《まかな》いのチキンにナイフを入れた。

お客様からの「苦情」というほどでもない。ルイスのちょっと変わった言動で周囲を戸惑わせているくらいだ。

奥様を亡くされたお客様は怒っていたが、時間が経って頭が冷えたのだろう。大声を上げてしまって悪かったと、後でオリビアのところに詫《わ》びに来てくれた。大きな問題はそれくらいだ。どちらかというと「あの人、さっきからずっとひとりごとを喋《しゃべ》っているように見えるけど大丈夫？」とか、「ばあちゃんの霊が憑《つ》いているって言われたんですけど、あの人、霊能力者か何かですか？」など、心配や好奇心からの報告が多数といったところである。お客様相手に霊の話はしないように頼んだはずだが、ルイスは霊を見かけると反応してしまうらしい。

「ハワードの手を煩わせるようなことじゃないわ。それに、ラインフェルト様の世話役を任せられたのはわたしなんだし、もう少し様子を見ることにする」

「かっこつけちゃって」

「いいの。今は忙しい時期でしょ。ハロウィンの手配とか企画とか」

年末年始や夏の休暇に次いで、三番目に忙しいのがハロウィンの季節だ。十月からは毎週末に仮装して楽しむハロウィンパーティーが行われる。ムードたっぷりの古城での仮装は思い出になるし、お子様連れも多いので、立食パーティーに加えて、毎年ちょっとした催し物を行う。今年は宝探しゲームをする予定だ。

そこで、トニーが「しまった、ハロウィン！」と漏らした。

「どうしたの？」

「いや、ハワードさんから倉庫にある宝箱の状態を見ておいて欲しいって頼まれてたんだ。前に使ったのは五年前だろ」

「なんでトニーが？」

「五年前に片づけたの、俺なんだよ」

トニーは若いが勤務歴は長い。十五歳でフットマンとして入ってから八年目。よく気が利くし対人能力も高いので、今ではフロントマンとしてホテルの顔を担っている。フットワークも軽いので、ハワードは彼を重宝していた。しかし、トニーはこのまま夜勤である。

「わたしが見に行きましょうか？　今日はもう上がりだし」

明日改めて確認するよりも、オリビアがさっさと済ませた方が早い。

「お、助かる。いいのか？」

「傷んでいないか確認して、ハワードに報告すればいいの？」

「そうそう。悪いな、頼んだよ」

たいした内容ではない。

トニーがあっさりオリビアに任せたのも、ついでにルイスのことを相談する機会になればいいと思ってくれているような節があった。どちらかと言えば、ルイスのことよりも何か手伝えることはないか聞いておきたい。今年は祖父もいないのだから。

夕食を済ませたオリビアは倉庫に向かった。

城館の裏手には、かつての城の名残がたくさんある。使用人棟しかり、ワイン蔵しかり、倉庫に至っても戦時中の食糧庫や武器庫など複数ある。武器庫は改装されて車庫になり、食糧庫はイベントごとの飾りをしまっておく倉庫として利用していた。

借りてきた鍵《かぎ》で錠前を開ける。スライド式の扉を開けると、埃《ほこり》っぽい空気が鼻を刺激した。

「そろそろ虫干しをしないとだめかしらね……。何がどこにあるのか、きちんとまとめたほうがいいかも」

ランプを掲げて中に入る。入り口には直近に使われた夏の遊具がまとめられていた。その奥は春のガーデンパーティー用のガーデンテーブル。ということはハロウィンはかなり奥だ。

数年前に使用した宝箱を見つけるのはなかなか骨が折れた。ようやく発見したオリビアは、傷みがないかどうか調べ、目算で数を確認して倉庫を出た。

簡単な仕事だと思ったが、思ったよりも手間取ってしまった。ディナーの時間ももう終わる頃だろう。

施錠をして振り返ると、木立の合間に鎧《よろい》姿の男の影が見え、オリビアは喉《のど》の奥で悲鳴を呑《の》み込んだ。またしても、あのストーカー騎士の霊である。

(誰かについてきてもらえば良かったかも)

昼間は光あふれる緑の庭園だが、夜は闇を吸ったように静かだ。夜間に外に出ることなんて滅多にないので少し後悔したが、ぷるぷると頭を振る。

早く帰ろう。

庭園に設置されている外灯がぼんやりと灯《とも》っているのが頼りだ。

恐怖心を紛らわせるため、いつもよりも無駄に大きな足音を立てて歩く。

ザッ、ザッ、ザッと地面を蹴《け》る音に混じり、何かの息遣いを感じた。

(つけられている？)

オリビアが静かに踵《かかと》を下ろす音に混じって、ザッ、と砂を踏む音がした。それから、ハ、ハ、ハ、という息遣いの音も。

(つけられている！)

疑問は確信に変わり、総毛立った。

誰がつけてきているのか？　あのストーカー騎士？

(でも、幽霊に足音ってあったっけ……？)

オリビアはちらりと肩越しに振り返った。

……誰もいない。

やっぱり気のせいだったのか、と首を戻すと、小さくヒヒンと嘶《いなな》きが聞こえた。

「馬？」

再度、後ろに視線を向けると馬の脚が見えた。

戦々恐々としながら、視線を地面からゆっくりと上げていく。

馬の脚が四本。鐙《あぶみ》には鎧姿の男の足。

（いつもの騎士、よね？）

珍しく馬に乗っているだけだと思いたい。

だがいつもとは違う。騎士は手に兜《かぶと》を持っていた。

兜に特徴的な赤いトサカはなく――馬に乗っている騎士の霊は、首から上がなかった。

頭部のあるべき部分には夜の闇が広がっている。

（いつもの騎士じゃない！）

オリビアは視線を逸《そ》らし、足早に移動を再開した。騎士は一定の距離を保ってオリビアの後をつけてくる。

（つ、ついてきてる……っ！）

オリビアは必死に恐怖心を捻《ね》じ伏せた。

落ち着こう。これまでも霊に付きまとわれることはあった。制服の下に下げている魔《ま》除《よ》けの十字架に手を当てる。震える手を襟元から中に入れ、ペンダントのひもに指をかけて引っ張り出した。お守りのように胸の前で握りしめる。

一人でいる時や、暗い場所にいる時のほうが霊との遭遇率が高い。

明るいフロントに戻ればきっと大丈夫。根拠はないが、オリビアはそう思っている。

それにあの場所は「人に見られる」場所だ。客や従業員の前で取り乱すわけにはいかないというプライドが、オリビアの心を強く保ってくれる。

だが、そんなオリビアの決意をあざ笑うかのように、手にしていたランプがフッと消えた。

「えっ⁉」

燃料切れらしい。辺りが闇に包まれる。

足を止めてしまったオリビアは、自分の背後に迫る何かの気配を感じ取った。

(いる)

すぐ後ろに。

びしゃっと頭から何かをかけられた。

目が暗闇に慣れ、濡れた身体を月明かりで確認できた。手や腕に生温かい赤黒い液体がぬらりと光っており、制服の生地にもべっとりと染み込んでいる。

――血だ。

こんなことは初めてだった。今までは、無視をしていればやり過ごせたのに、血なんかかけてこの霊は何をする気なのか。訳がわからない。その訳のわからなさが恐怖を増幅させる。

(なにこれ。普通の霊じゃないの?)

見るべきじゃないと分かっているのに、オリビアは振り返ってしまった。

恐怖に支配されて抗《あらが》えない。喉の奥から、ヒッと悲鳴が漏れた。

間近に迫った馬は想像よりも大きく、その上にいる騎士はオリビアを見下ろしている。

首がないのに、見下ろされている。狙いを定められている。そんなふうに感じる。

「た、たす、けて……」

叫びたいのに大声が出ない。

口の中はカラカラだ。

逃げろ。逃げるしかない。でも、足は竦《すく》んで動かない。

これは霊だ。攻撃されたってすり抜けるはず。

でも、なぜ血はオリビアにかかったのか。霊にそんなことができるのか。

馬上の騎士は、いつの間にか手にしていた鞭《むち》を振り上げる。

オリビアは呆然《ぼうぜん》と一連の動作を見ていた。

目を見開いて、馬鹿みたいに恐怖で立ち尽くしている。

なんでわたしは逃げられないの。

動け、足。叫べ、喉。助けて。誰か。

「――オリビア!!」

ぐいっと背後に腕を引かれた。

よろけてたたらを踏むと、オリビアの立っていた場所に鞭が振り下ろされる音がぴしゃりと響いた。

何かが首無し騎士に向かって投げつけられる。

投げたのはルイスだ。オリビアの腕を引いてくれたのも。

首無し騎士は逃げるように走り去っていった。なんだったのかと思うほどにあっさりと背を向け、どこかに消えてしまう。

「……ライン、フェルト、様」

助かったと思った途端、オリビアは腰が抜けてその場にしゃがみ込んでしまった。

雲の切れ間から月が顔を出す。浴びせられた血はスーッと消えていった。制服は元通りで汚れてなんかいない。

(どうしてここにラインフェルト様が)

そもそもさっきのはなんだったのか。理解が追い付かないオリビアとは反対に、ルイスは首無し騎士が走り去っていった方角を険しい目で見つめた。

「危ないところだったな。あれはデュラハンだ」

「デュラハン……？」

「妖精《ようせい》だよ。デュラハンは自分の姿を見られることを嫌っていて、見た人の魂を奪う。頭からバケツ一杯の血を浴びせて視界を奪い、手にした鞭で目を潰《つぶ》してくるんだ」

恐ろしいことをスラスラ言われてゾッとした。自分は間一髪のところだったらしい。

しかも、妖精だって？

あれのどこが。恨みを抱えた幽鬼かと思った。

立てるかい、と手を差し出されたので、素直に手を預けた。よろめいてしまったオリビアの身体を、ルイスが抱きしめるように軽々と支えてくれた。

年頃の男性と密着したことのないオリビアはびっくりした。

厄介な客だと思っていたが、その手は頼りがいのある男性の姿そのものだ。やってきた時の神秘的な雰囲気とも、堂々と人前で霊と会話するマイペースな雰囲気とも異なる凜《りん》とした顔つきは、オリビアをどきりとさせる。

「さ、さっきの、妖精なんですか？」

「うん」

「妖精って、だって、羽とか生えていて、もっと小さい生き物でしょう？　ほら、ラインフェルト様の周りを飛んでいる光の玉みたいな」

「あれは精霊だよ」

「違いが判りません」

「精霊は万物に宿る魂だ。光とか、水とか、石ころにも宿っている。これといった形はない。死んだ人の魂もある意味、精霊とも言えるね。形を有しない霊魂だ。それに対して妖精には種族がある。全身が毛むくじゃらで人間に奉仕するブラウニー、若くて美しい女性の姿のニンフ、靴職人で守銭奴のレプラホーン。ほら、絵本とかで見たことない？」

「ああ」

それならわかる。

髭《ひげ》モジャのちっちゃなおじいさんとか、羽の生えた小さな女の子とか。

「でも、人間を騙《だま》すために美しい容姿をしたりしているものだっている。悪意を隠さない、悪い妖精もいたりするね。ヘルハウンドとか聞いたことない？　黒い犬なんだけど」

さすがにそこまでは詳しく知らない。

そんなのを見たって、オリビアは「黒い犬の幽霊」だと思うだろう。

羽が生えて飛んでいる小人がいたら妖精だと思うが、美しい人間の姿で徘徊《はいかい》されたら「美人の幽霊」とでも思うだろう。

これまでオリビアが気づかなかっただけで、もしかしたら幽霊じゃなかったものもいるのかもしれないということだ。

「……妖精なら、追い払っていいんですか」

いきなり霊を追い払ったりしないとルイスは言っていた。

揚げ足をとるような言い方をしてしまったが、真面目な顔で頷《うなず》かれた。

「心残りがあってこの世に留《とど》まる死霊とは違う。妖精や精霊と呼ばれているものたちには、人間のルールは通じない。対話が可能な妖精もいるけれど、デュラハンは問答無用で襲ってくるようなやつだから追い払ったんだよ。さすがに俺も、目をえぐられてまで話をする気はないからね」

「どうやって追い払ったんですか」

「金《きん》だよ。やつは金属が嫌いなんだ」

ルイスは転がっていた金貨を回収した。この金貨を投げつけて追い払ってくれたらしい。

たったそれっぽっちのことで、あの恐ろしい妖精が逃げ出してしまったのか。再び目から鱗《うろこ》だ。

ルイスは「それはなに？」と、興味深そうな顔でオリビアの胸元を指した。

「え？——あ、魔除《まよ》けの、十字架です」

「効果あるの？」

「…………」

「木彫り、かな？　その十字架。上手だね」

オリビアが作ったものじゃない。買ったものだ。ルイスの反応から眉唾《まゆつば》物らしいと察して、こんなものを持っていたことが恥ずかしくなる。

「きみは霊と関わりたくないと言っていたけれど、俺はやっぱり少しは関わり方を学んだ方が良いと思うよ？　よくこれまで無事だったなと思うくらいに無防備だし」

「……こんなことははじめてです。いつもは変な霊がいても、無視し続けていればそのうちいなくなるし……」

「それはね、彼が助けてくれていたからだよ」

ルイスが指さす方には騎士の霊がいた。

木立の陰に姿勢よく立ってこちらを見ている。デュラハンと似たような格好なので思わず硬直したが、彼の頭部はちゃんとくっついているし、特徴的な赤いトサカのような兜《かぶと》飾りもあった。しょっちゅうオリビアを監視している騎士の霊だ。

「きみがデュラハンに追われているって俺に報《しら》せに来てくれたのも彼だよ。おおい、エスメラルダ三世～！」

ルイスは陽気に騎士を呼んだのでオリビアはぎょっとした。

騎士は側までやってくると跪《ひざまず》いた。主人に忠誠を誓う騎士そのものだ。

「……いつの間に従えたんです？」

顔を引き攣《つ》らせながらルイスに問うと、彼は「いやいや」と笑った。

「彼が跪いているのは俺に対してじゃない。きみに対してだ」

「えっ？」

『――左様』

て渋い声だった。

騎士が声を発するのをはじめて聞いた。兜を被《かぶ》っているのでくぐもっているが、低く

『私はヴォート城が誇る聖剣騎士団、三番隊隊長のドナテラ・ジャン・エスメラルダ三世。貴女様《あなた》がこの城にやってきた時から、ご成長を見守って参りました』

時代がかった仰々しい喋《しゃべ》りに唾を呑《の》む。

ずっと不気味だと思っていた霊だが、話し方は理知的だった。

「ど、どうして、わたしを見ていたんですか」

『貴女様がジョージ様の孫娘であらせられるからです』

「おじいさまの孫娘だから、わたしを監視していたの？」

『監視？』

エスメラルダ三世が怪訝《けげん》な声を上げる。心外だと言わんばかりだ。

『主人の大切な方をお守りするのは騎士として当然のことです。ジョージ様は貴女様を大切に思っていらしたので、私は彼亡き後も貴女様を気にかけていたのです』

「あなたはおじいさまに仕えていたの？　おじいさまには霊が見えたの？」

エスメラルダ三世は首を振る。

『いいえ、オリビア様。ジョージ様の目には私は映っておりませんでした』

「じゃあ、どうして……」

『あちらまでお越し願えますか』

エスメラルダ三世が遠くの方を示したので、オリビアはちらりとルイスを窺《うかが》った。

ルイスは大丈夫だよという顔をしているし、この騎士の霊からは先ほどのデュラハンのような禍々《まがまが》しい気配は感じない。

オリビアはエスメラルダ三世に従い、倉庫と倉庫の間のだだっ広い空間へ向かった。客が立ち入らないエリアのため殺風景だ。たまに住み込みの男性従業員たちが、ここでボールを蹴《け》って遊んでいるのを知っている。

『こちらです』

その片隅に、平べったい石碑が置かれていた。石碑には、《勇敢な聖剣騎士団の騎士たちの魂よ、永遠に》という祈りの言葉が彫られている。

『かつてここには騎士団寮がありました。ヴォート城が領主様の住まいとして建て直されるよりもさらに昔――城塞《じょうさい》として機能していた時の話でございます。この石碑は、戦いに敗れて死んだ我々のために、当時の城主様が置いてくださったものです。ジョージ様は長らく放置されていたこの石碑を見つけ、周囲の草を丁寧に抜き、土埃《つちぼこり》にまみれていた石碑を掃除してくださった』

……おじいさまが。

エスメラルダ三世は自分の左胸に手を置いた。

『……かつて、騎士団寮が見たいと訪ねてきた歴史学者がいました。ご覧の通り、騎士団寮はもうありませんが、ジョージ様はここまで学者を案内したのです。古い見取り図なども見せ、歴史学者は満足しておりました。私はその姿に感銘を受けました。私の生きていた時代ごと、ジョージ様は大切にしてくださっているように思えたのです』

騎士団寮はもう存在しないと歴史学者に伝えて断ることもできただろうに、祖父はできうる限りのことをしたのだ。

今のオリビアにそこまでのことができるかというと、できない。

この場所に石碑があることも知らなかったし、騎士団寮があったことも、城の歴史も……。

『ジョージ様は良い城主でした。私は死を受け入れられずにこの場所に留まり続けていましたが、その時にこの方をお守りしようと決めたのです』

「もしかして、おじいさまも妖精《ようせい》に襲われたりしたの？」

『妖精に限った話ではありませんが、よくわからぬ害意を向けてくる霊も居ましたので』

「……孫の、わたしのことも……？」

守って、くれていたのか。

エスメラルダ三世は慇懃無礼《いんぎんぶれい》に答えた。

『私が勝手にやっていることですのでお構いなく』

この城に来て、霊を無視すると決めてからは、ポルターガイストの類《たぐい》は格段に減ったと思っていた。恐ろしげな霊と遭遇して怖い目に遭ったこともあるにはあるが、彼らはいつの間にかどこかへ行っていた。どうやらそれは、エスメラルダ三世が追い払ってくれていたからしい。

「あの……、知りませんでした。ありがとうございます」

『お気になさいませぬよう』

そっけない返事だったが、当たり前のことだ。

彼は別にオリビアを好いてくれているわけではない。城主と認めた祖父の孫娘だから守ってくれていたのだ。それなのにオリビアときたら、自分に付きまとってくる迷惑な霊だとしか思っていなかった。

（いい騎士、だったんだ……）

単純かもしれないが反省する。人の顔色を窺うのに長《た》けていると思っていたが、霊相手には色眼鏡をかけて見てしまっていた。

「ラインフェルト様が、わたしに霊と仲良くした方がいいと言ったのは、こういうことだったんですね」

「そこまで考えて言ったわけじゃないけれど……、結果的にはそうだね。ジョージ殿はきみが一人で抱え込むことにならないように心配していたのだから、霊と上手《うま》く付き合っていく術《すべ》を見つけられたらいいと思うよ」

霊は嫌いだ。

十八年間逃げ続けて来たけれど――どうあがいたってオリビアは見える体質らしい。だったらもう、この霊感体質と付き合っていく覚悟を決めた方がいいのかもしれない。

ルイスや、悪意のない霊の力を借りて。

（おじいさまもそう思っていたのかな？）

祖父はオリビアが悩みを打ち明けるのを待っていてくれたのだろうか。

ホテルの改革案なんかじゃなくて、もっと素直に自分の悩みや感情を、のんびり庭を散歩しながらでも話せば良かった。霊のことだって、エスメラルダ三世が感謝していると伝えてあげたら、祖父は喜んだかもしれない。

「……あなたから見たおじいさまの話、もっと聞かせてくれない？」

跪くエスメラルダ三世に向かって言う。

霊と話したいと思ったのは初めてだった。

◇

「ありがとうございました」

『精霊の間』の前までルイスに同行し、オリビアは丁重に頭を下げた。

エスメラルダ三世はどこかへ行ってしまったので二人きりだ。

「ラインフェルト様のおかげでエスメラルダ三世のことも知ることができましたし、デュラハンから逃れることもできました」

「構わないよ。これが精霊師の務めだからね」

ルイスはオリビアの手を取ると金貨をのせた。先ほどデュラハンを追い払ってくれた、ありがたーい金貨だ。ルイスがくれると言ったので受け取る。なんとなく効力が強そうなので、もしもの時に備えてポケットにでも忍ばせておこうと思う。

その金貨を握ったオリビアは、一世一代の決心をした。

「あ、あの……」

「ん？」

扉の取っ手に手をかけていたルイスが振り返る。

「あの、ですね。虫が良すぎるお願いだとわかっているんですが、わたしに霊とか妖精のことを……、お、教えていただけませんか」

「霊とか妖精のこと？　きみは、霊は嫌いなんじゃなかった？」

「嫌いです」

即答する。

「嫌いですけど、何か怖いものが出るたびにエスメラルダ三世を頼るのも図々《ずうずう》しいじゃないですか。それに、あの人がずっとこの世に留《とど》まっている保証もないですよね？」

「まあね」

彼が慕っていたのは祖父なのだから、祖父亡き今、心残りがないからと消えてしまってもおかしくはない。不確かなものをあまり当てにしすぎてはいけないと思った。

「それに、霊が嫌いなのに、霊の騎士を頼るなんて矛盾していますし」

「あはは、確かに」

「だ、だから、自分の身は自分で守れるようになりたいんですっ」

それに、デュラハンを追い払ったルイスはちょっと格好良かった。

このホテルにいる限り、霊とのトラブルは必至だ。だったら、自分の身も、お客様のことも守れるような、そんなコンシェルジュになれたらいいのではないかと思う。せっかくルイスという、妖精や霊に詳しい人物が滞在しているのだから。

「すみません。関わりたくないとか言っておきながら、今さら……。だめでしょうか？」

オリビアが尋ねるとルイスは微笑んだ。

「いや。だめじゃないよ。元々、俺は霊と仲良くなる方法を教えてあげるって言ったじゃないか」

「『仲良く』じゃなくても大丈夫ですが、よろしくお願いします」

「遠慮しないで。霊たちも喜ぶ」

スーッとルイスの部屋の中から透けた女が現れた。

俯《うつむ》いていた女は、顔を上げるとオリビアを見てニヤッと笑う。

ニヤッと、というよりも、にちゃあっと。怨念《おんねん》を感じるような粘つく笑みを残して。

そして消えた。

——霊のことが知りたいなんて、早まったかもしれない。

鳥肌を立てて青ざめるオリビアとは裏腹に、ルイスは「彼女、嬉《うれ》しそうだったね」とにこにこ笑う。……嬉しそう？　わたしには「お前にとり憑《つ》いてやろうか」とでも言いたげな暗黒の微笑みにしか見えなかったんですが？

「安心して。怖いことからはちゃんと守るよ」

「あ、ありがとう、ございます……」

柔らかく微笑まれ、不覚にもときめきそうになったが、――いやいや、これはあれだ。吊《つ》り橋効果というやつだ。恐怖体験の後だから格好良く見えてしまっているだけで、決して恋愛的なときめきではない。

そもそも、ルイスはそういった俗っぽい感情とは無縁《むく》のように見える。

ある種、聖職者のような……。子どものように無垢《むく》で、思ったことを素直に口にする性格なのは、人の顔色を窺《うかが》う必要がない環境下で正直に暮らしてきたからだろうし。

内心でルイスを評していると、彼は真面目な顔をして話を続けた。

「俺はきみに霊との付き合い方を教えよう。その代わり、きみに頼まれて欲しいことがあるんだけど」

「頼み、ですか。はい、なんでしょう？」

オリビアは何の気なしに尋ねる。

ルイスも、「今日のディナーのメインディッシュは？」とでも言うような口調で、気負わずに続けた。

「俺に愛を教えてくれないだろうか？　人を愛する気持ちというのが知りたいんだ」

二章　ケット・シーと注文の多いおじさま

「スタンレイ様、こちらです」

「ああ、ありがとう。お嬢さん」

ディナーの時間、オリビアはレストランホールから抜け出してきた初老の男性客に花束を手渡した。そこはぜひとも「コンシェルジュさん」と呼んで欲しかったところだが……、事前の打ち合わせ通りの合流だ。

ダリアをメインに据えた花束を前にした男性客は、緊張気味に花を抱き、周囲に視線を走らせる。

部屋食を希望されている一組を除き、宿泊客たちは食事を楽しんでいる真っ最中。通りかかる者はほぼ誰もいないと言っても過言ではない。誰もいないのに男性は視線を彷徨《さまよ》わせる。まるで、通りかかった知り合いに笑われたらどうしようとでもいったような様子だった。

「思ったよりも……あー……、気張った感じですな」

「大きすぎましたか？　気になるようでしたら、お花のボリュームを抑えてもらうこともできますが……」

と口にしながら、オリビアはスタンレイ氏を観察する。

彼は花束が気に入らないというよりは、自分が花を持っていること自体が恥ずかしいようだ。

昨夜、コンシェルジュデスクにやって来た（正しくはフロント係からパスされた）この男性の相談は、結婚二十五年目の記念日に妻に花束を贈りたいとのことだった。オリビアは張り切りたい気持ちを抑えつつ、表面上はあくまでも穏やかにいくつかの提案をした。

しかし、彼は照れ屋で武骨な性格らしく、恥ずかしいので凝った演出はいらないし、たまにはこういうこともと思ったが柄じゃないし、などと言い訳をしていた。

おそらく直前になった今も、「いい歳してでかい花束なんて」と気恥ずかしさが襲ってきたのだろう。ケーキとかにすりゃ良かったかな、などと花束を持て余し気味だ。

「……奥様はお花がお好きなんですね。昨日もエントランスに飾ってあったアレンジメントを大変興味深そうに眺めていらっしゃいましたし、きっとこれくらい見栄えのするほうが喜ばれますよ」

「そ、そうか？」

「ええ」

「……そうだな、あいつは花が好きだもんな……」

自信ありげなオリビアの言葉に、スタンレイ氏はようやく決心がついたらしい。

彼がテーブルに戻っていく姿を、レストランホールの出入り口の陰からこっそり窺《うかが》う。

手洗いに立ったと思った夫が花束を抱えて歩いてきたので、妻はびっくりだろう。スタンレイ氏は無造作な感じで妻に花束を手渡した。

口髭《くちひげ》の下でもごもご言う夫の姿に、妻は笑い、そして涙を拭《ぬぐ》った。口の形が「あなったら、もう」と言っている。

周囲からは温かい拍手が沸き、スタンレイ氏は真っ赤になっていた。

（うまくいって良かった）

奥様がロマンチックな演出を好む人だったらどうしようかと心配していたのだが、夫の性格はよくご存じらしい。そしてスタンレイ氏も、ぶっきらぼうながら「妻はピンクとかはあまり好きじゃなくて」「家にも一輪挿しによく花を飾っていて」などと一生懸命に奥様の好みを話してくれたから、ちゃんと気持ちが伝わる花束をオーダーできたのだ。だからオリビアは「想像と違うようでしたら、花束を渡すのはやめますか」とは言わなかった。

微笑ましい光景を見届けたオリビアは背後を振り返った。

そこには長い髪を一つに結び、深緑色の制服を身に纏《まと》ったルイスが立っている。スタンレイ氏とのやり取りの間も、彼は静かにオリビアの後ろに控えていたのだ。

「これが夫婦の愛です。どうですか？」

どうだ、と満面の笑みのオリビアに対し、ルイスは頷《うなず》いた。

「花をあげると夫婦円満になるということだな。驚かせるとなお効果的。花束は大きい方が見栄えが良い」

「花の大きさは関係ないです。というか、花じゃなくてもいいです。相手の喜ぶことをしたいっていう心遣いが、奥様を喜ばせたんです。そして奥様も日頃の旦那《だんな》様の武骨さを知っているからこそ、自分のために何かをしようとしてくれた旦那様の気持ちを嬉しく思ったっていう心温まるシーンなんですが、……全然響いていないようですね」

一生懸命解説をしながら、オリビアは大変なことを引き受けてしまったと数日前の出来事を振り返った。

◇

「愛ですか」

「そう、愛」

霊がらみのことを教えて欲しいと言ったら、代わりに人を愛する気持ちを教えてくれと言われてしまった。言われたオリビアは束の間固まった。

「あ、愛って、……色々ありますよね。家族愛とか、兄弟愛とか、夫婦愛とか……」

まさか恋愛を教えてくれという意味ではあるまい、と恐る恐る聞く。ルイスは思い出したかのように「ああ、そうか。そういうのも愛か」と言った。

「わたしはルイスさんの親兄弟ではありませんし、恋人でもありませんから……。愛を教えるっていうのは具体的にどうしたらいいんでしょうか？」

手取り足取り教えてくれとか、遊び人みたいなことを言われたらどうしよう。身構えるオリビアに、ルイスは「どうしたらいいんだろうね」とコテンと首を傾げた。口説かれている説は消えた。ほっとして、呆《あき》れたように軽く睨《にら》む。

「……愛って、教えられるものじゃないですよ」

「そうなの？」

「そうですよ」

「ほら、今日、奥さんを亡くした人を怒らせてしまっただろう？　俺には家族もいないし、どうも人の情や愛といった感情に疎いようなんだ。『お前は愛を知らなすぎる』と言われたこともあるし……。それで、俺が霊や妖精《ようせい》のことを教える代わりに、きみから愛情表現を学べたらいいなと思ったんだが」

「わたしも人に教えられるほど愛情表現が得意とは言えません。恋人とかもいませんし、ナサニエルに聞いた方が詳しく教えてくれるのでは？」

縦ロール男の名前を出すと、ルイスは肩を竦《すく》めた。

「彼の言うことは少し難しい。目を宝石に例えて褒めろとか、詩を引用したり、物語の人物のセリフを言ってみろとか」

「聞いたんですか」

「うん」

あの霊が教える『愛のセリフ』はルイスには難易度が高いだろう。知り合ったばかりのオリビアでも想像するのは容易《たやす》い。

だからといって、愛しているよとか、好きだとか、世界で一番大切だとか、そうした言葉を言うことが、愛の証明になるとは限らない。それに、ルイスは口説き方を教えてくれと言っているわけではないのだ。

「庭園の案内で奥様をエスコートされる旦那様のお姿を目にしたり、ご家族の誕生日なのでパーティーを開きたいという方を見た時に素敵だなと思いますけど……。そういうのも愛情表現になりませんか？」

「おお、そういうのが見たい」

「見ればいいじゃないですか」

別にこのホテルに限らずとも、街や駅にだって愛は溢《あふ》れている。

「そうしたいのは山々だが、なぜか俺が近づくと驚かれるんだ。どうも俺は目立つらしい」

誰もが振り返る美貌《びぼう》に、今時見かけない古風な白のローブ。さぞ目立つことだろう。

「それは残念ですね」

「だが、この城にはその場にいても文句を言われない人がたくさんいるじゃないか」

オリビアは指差される。

「わたし……?」

「我ながら妙案だ。それならホテルの見学をしながら、きみに霊や妖精の解説ができる」

「え、待ってください。ホテルマンになりたいってことですか?」

ルイスは頷く。そりゃ、この制服を着ればお客様の会話を聞いていても違和感はないし、夫婦のイチャイチャだろうが誕生日パーティーの打ち合わせだろうが、その場にいても許される。我々は空気と同じようなものだ。決して自己主張しすぎず、静かに側に控え、場に溶け込むことができる。

しかし、頼られれば上質なサービスを提供しなくてはならないのだ。誰にでも務まると思われては困る。

「いや、それはダメだと思います。いくらなんでも、部外者の方に制服は貸せませんよ」

「きみはコンシェルジュだろう? 客の困りごとを解決するのが仕事だと言っていた」

「できることとできないことがあります」

「そうか。できないのか。残念だな。ジョージ殿なら許可してくれたかな……」

祖父の名前を出されて、うっと唸《うな》る。

(確かに、おじいさまなら笑って許可したかも)

それにルイスの言うことにも一理ある。霊や妖精のことを学ぶといっても、オリビアは朝から夜まで仕事があるのだ。コンシェルジュデスクを空けて、客であるルイスとお喋《しゃべ》りをしてばかりはいられない。

「……わたしの一存では決めかねますから、ハワードに相談させて下さい」

「ああ、よろしく頼む。良い返事を期待しているよ」

一応聞いてみるが、おそらくハワードは断るだろう。

あまり期待しないでくださいと釘《くぎ》を刺しておいたのだが――……。

オリビアが支配人室に話を通しに行くと、意外にもすんなりと許可が下りた。

「別にあなたが面倒を見てくださるなら構いませんよ」

「ええっ、嘘でしょう？　本気？」

「許可を求めてきたのはお嬢様の方でしょう。なんですか、その反応は」

ハワードに苦笑される。

「ようするに、社会勉強の一環として、カップルやご夫婦が仲睦《なかむつ》まじく過ごされている様子などが見たいということなんでしょう？　もちろん、制服をお貸しする以上、ラインフェルト様にも最低限の身だしなみと挨拶《あいさつ》くらいは勉強していただきますが、基本的に接客はなしで、お嬢様にくっついているだけなら問題はないでしょう」

愛を教えてくれと言われた時は面食らったが、ハワードに話をまとめられると、ちょこっと職場体験をさせてやるだけの簡単な案件のように思えてくる。

「おじいさまのお客様だからって、ちょっと融通を利かせすぎじゃない？」

「一応期限は設けますよ。そうですねぇ、十月末まででいかがでしょう」

十月末。ハロウィンまでか。

このあたりでハワードの意図を察した。

ハロウィンシーズンは忙しい。来週から、週末にはハロウィンパーティーが行われる。宿泊客たちは仮装をし、ホテル側もイベントでもてなす。テーブルの移動、片付け、宝箱の回収……。こまごまとした雑務はいくらでもある。ちなみに十月三十一日の夜は従業員総出でカボチャを片付ける。毎年の風物詩だ。

「見習いコンシェルジュにお給料は出ないんでしょう？」

「ええ、もちろん。お客様のご要望での職業体験でしょう？」

わぁ、腹黒い。忙しい期間、雑用としてこき使う気だ。そもそも宿泊費をとっていないのだから、ハワードを責めるつもりはないけれど。

「お嬢様がご希望ならもっと延ばしても構いませんよ。……どうですか？　そのくらいの期間があれば、先代の真意はわかりそうですか？」

意地悪そうに言われて閉口した。

――オリビアのことをよろしく頼みたい。

祖父がわざわざ手紙まで出して孫娘のことを託した相手だ。ハワードもたかだか数日で「ハイさようなら」とルイスを追い出すわけにもいかないのだろう。

「私にはラインフェルト様に手紙を出された先代の気持ちはわかりかねます。ですので、お嬢様がご自分で見極めてください」

「…………」

オリビアが、自分で。

結局のところ、オリビアの中には迷いがあった。

ルイスと関わることに。

もっと言うと、ルイスと関わることで、霊が見えない普通の人の枠組みから外れてしまうような気がすることに。

◇

こうしてルイスと共に行動することになったのだが、オリビアにとっては悪いことばかりではない。常に霊対策のボディーガードがいるようなものだと思えば心強かった。

スタンレイ氏が花束を渡し終えたあと、ルイスと共にバックヤードに引っ込むと、そこには縦ロール男が立っていた。壁に凭《もた》れ掛かり、気障《きざ》なポーズを決めている。

『素敵なご夫婦だったね。奥方の涙にボクも心が洗われたよ』

「おや、ナサニエル君」

『やあ、こんばんは。精霊師殿。その制服、なかなか似合っているじゃないか。それにしても、年を重ねても仲睦まじいって素敵だよね。ボクがレディに贈るなら……、そうだなあ、その琥珀《こはく》の瞳《ひとみ》に似合う、ワインレッドの薔薇《ばら》はどうだろう？　共に過ごした年の数だけ、薔薇の花を一輪ずつ増やしていくんだ。ロマンチックだろ？』

「………」

話しかけられたオリビアは半眼になった。こいつは調子に乗っている。もうオリビアが見えないフリで誤魔化せないとわかっているのだ。

『無視かい？　相変わらず冷たいな。精霊師殿からも注意してやってくれよ』

「オリビア、彼に害意はないから心配しなくていい」

『そうとも！　ボクはレディに危害を加えたりはしないぞ。紳士だからね！』

「……無理やりキスしようとしてきたくせに」

オリビアにとっては悪霊と同列である。

ナサニエルは悪びれない様子だった。

『まだ根に持っているのかい？　悪かったよ。キミが返事をしてくれなかったから、腹が立っただけサ。キミがジゼルに似ていたこともあって、ついね』

「ジゼル？」

『ボクの初恋相手さ』

「へえ。どんな人？」

ルイスが興味津々で尋ねる。オリビアは逃げ出そうとしたが、ルイスに腕をとられて引き留められた。「オリビアも聞いていこうよ」と言われるが、このナルシスト男の初恋話に興味なんてない。

「し、仕事がありますから」

「今は食事の時間だし、コンシェルジュデスクは暇なんじゃない？」

暇と言われたオリビアは呻《うめ》く。

ヴォート城で、コンシェルジュデスクが賑《にぎ》わっていたことなど未《いま》だない。ルイスもこの数日間でそれがわかっていた。だからハワードからの許可もすんなり下りたのである。

『んっふっふ。いいだろう、教えてあげるよ。あれはボクの二十歳の誕生日パーティーでのことだ』

「聞くって言っていないのに」

「まあまあ。霊の事情を知るのは悪いことじゃないって、エスメラルダ三世の時にも思っただろう？」

オリビアがルイスから学びたいのは、デュラハンの追い払い方など実践的なものだ。古城ホテルにいる霊と仲良くなりたいわけではないのだが、ナサニエルの話に渋々付き合うことになってしまった。

『ベルトーネ侯爵家の嫡男として順風満帆な人生を歩んでいたボクは、雪崩をうってダンスを申し込んでくるレディたちの誘いを断り、庭園に出た……。そこで、運命の相手・ジゼルと会ったんだ。ボクは一目で恋に落ちた。月光を浴びたジゼルはこの世の者とは思えない美しさだったんだ。ジゼルの手を取って庭園を飛び出し、小川のほとりでキスをした。その可憐《かれん》な唇で「あなたと一緒にいたい」と乞《こ》われ、ボクは決意した。全てをなげうってでも彼女と一緒にいたいと……。彼女と共に生きられるのならベルトーネ家を捨てても構わないとね』

「ほう。それで、きみたちはどうしたんだい？」

『フフッ。今すぐにでもジゼルを攫《さら》いたかったが、ボクだってそこまで馬鹿じゃない。無一文で逃避行するなんてさすがに無鉄砲すぎるからね。だからボクは改めてジゼルと待ち合わせをしたんだ。「深夜零時、湖のほとりで落ち合おう。キミとささやかな暮らしができるだけの資金を持っていくから待っていて欲しい」と約束をし、何食わぬ顔でパーティー会場へ戻ったんだ』

「彼女も一緒に？」

『いいや、ジゼルは戻らなかった。彼女は準備をすると言って家に帰って行ったんだ。女の子の方が旅支度に時間がかかるものだからね。持って行けるドレスだって限られているし、長年慣れ親しんだ家との別れを惜しむ時間も……、必要だろう？』

ナサニエルは女心のわかる男風にウインクを決めた。

（ジゼルさんはこいつのどこら辺に惹《ひ》かれたのかしら）

オリビアには気障なウザ男としか思えないが……。

まあ、人の好みにとやかく言うものではない。しかし、会ったその日に駆け落ちを決意するなんて、かなり冷静さを欠いている。情熱的と言えば聞こえはいいが、お互いに少し浅慮では？　などと突っ込みが止まらない。

こんなふうに思ってしまうのは、オリビアが恋をしたことがないからだろうか。

『そして深夜。ボクは家族が寝静まった真夜中にこっそり家を抜け出した。ボクは品行方正に生きてきたから、初めてのことにワクワクしたよ。ああ、今でも忘れない。輝く満天の星。眩《まぶ》しい月はボクを見咎《みとが》めているだろうか。しかし、ボクは今日から自由に生きる。ベルトーネ家のために生きよと命じた母よ、誇り高き父よ、可愛い妹よ。さらばだ。兄は愛する人と生きるのだ……。しかし、月が雲に隠れた途端、無性に家族が恋しくなってね。……今思うと、そんなボクの躊躇《ためら》いが悪運を引き寄せてしまったんだろう。町外れでベルトーネ家の方角を振り返ったボクの背中に、グサリ！　ナイフが突き立てられたんだ』

「えっ」

思いもよらぬ展開にオリビアは口を覆った。

「こ、殺されたの……？」

『ああ、そうだ。強盗に襲われたのだ。奴らはボクの荷物を奪って逃げていった。ボクはジゼルとの待ち合わせ場所に辿《たど》り着けなかったのさ。彼女はきっと、ボクが現れずに悲しんだことだろう……』

瞳から一滴の涙を流したナサニエルが儚《はかな》い笑みを浮かべていたので、オリビアも言葉に詰まってしまった。ナサニエルのことは好きではなかったが、無念のまま死んだと知り、少し同情してしまう。

「そうなの……。ジゼルさんのその後はわからないの？」

『残念ながら。霊体になって待ち合わせ場所に行ったけど、いるわけがないし……』

「彼女の家は？　あなたの家のパーティーに来ていたってことは、それなりに身分のある良家のお嬢様なんでしょう？」

『それも……、思い出せないんだ。今までパーティーで会ったことのない女性だったし……、とにかくお互い一目で惹かれ合ったから、彼女の御父上から紹介されたわけでもない……。今思えば、彼女はあの夜、ボクの目の前に現れた妖精《ようせい》だったのかもしれないな』

ナサニエルは酔いしれたように自分の身体を抱きしめた。

ルイスは真面目な顔をして忠告する。

「人間を騙《だま》す妖精はいるよ。若い男を木の中に引きずり込むドリュアスとか、精気と引き換えに才能を与えるリャナンシーとか……」

『妖精というのは例えだよ、精霊師殿。それくらい美しく魅力的な女性だったということだ。抗《あらが》えない彼女の魅力に、ボクの心は囚《とら》われ続けているんだ』

「それが恋？」

『そうとも、たとえ彼女が悪魔や妖精だったとしても、ボクは彼女を愛してしまったのだ……。だからね、レディ。キミにキスをしようとしたのは、ジゼルに似ていたから魔が差しただけなのさ。ボクの心はジゼルのもの。ジゼル以外の女性に惚《ほ》れたりはしないから、もしもキミがボクに惚れてしまっても、その気持ちには応《こた》えられないよ』

オリビアに向かってパチンとウインクをしたナサニエルは姿を消した。

いや、こちらだって惚れたりしないし、なぜオリビアが振られたみたいな扱いを受けなくてはならないんだ。

「ちっとも参考になりませんでしたね」

オリビアが憤慨してルイスに言う。

「え？　そう？　俺は結構面白かったけど」

「殺されてしまったのは可哀想だと思いますが、一目惚れをして駆け落ちをしようとしたってだけの話でしょう？」

あんなに長々と話されたが、まとめるとそれだけじゃないか。

ルイスは小さくふふっと笑った。

「俺はナサニエル君が羨《うらや》ましいよ。恋をするって楽しそうだ」

「……してみてはいかがです？」

「生憎《あいにく》と相手がいない。オリビアが恋人になってくれる？」

「なりません」

いい加減、ルイスの扱いにも慣れてきた。こちとら、お客様の要望を探るのが仕事なのだ。ルイスが本気でオリビアを恋人にしたいと思っているわけではないことは一目瞭《いちもくりょう》然《ぜん》だし、綺麗《きれい》な顔にどぎまぎする期間はもう過ぎた。

「誰にでも調子のいいことを言うと誠実さがなくなりますよ。愛は誠実じゃなくちゃ。そういうのは本当に好きになった相手に言ってくださいね」

「そうなのか。愛って難しいな」

この顔で愛情表現を会得したら、ものすごく女泣かせな男になりそうだ。

◇

コンシェルジュデスクはオリビアの聖域だ。

ここに立つと自然と背が伸びる。祖父は、新しい従業員が入って来る度にいつもこう話していた。

「この制服を着て、ここにいる時のルイスさんは『精霊師』ではありません。素敵なホテルマンの役を演じてくださいね」

「演じる？」

「そうです。ちなみにわたしは自分のことを『上品で優しいコンシェルジュ』だと思って働いています。『えっ、どこらへんが？』とか突っ込まないでくださいね。実際の性格がどうだろうと、そうだと思い込んで演じているんですから」

フロントに立つトニーがそれを聞いてちょっとだけ笑っているのが視界に入った。

トニーだって、仕事が終わって裏に引っ込んだ途端にタイを緩め、「あー腹減ったぁ」

と肩や首を回す。しかし、フロントにいる時はそんな姿を絶対に見せない。誠実で爽《さわ》やかな男を気取っている。

ドアマンは真っすぐに背を伸ばして立ち、客室係はさながらバトラーやメイドのごとく理想の姿になり切る。

長い髪を一つに結び、深緑色の制服を着こなしたルイスも、傍《はた》から見れば立派なホテルマンだ。見習いの名札を付けて数日が経ったが、神妙な顔をしていると、付け焼き刃でもそれらしく見えるようになったと思う。

ほとんどのお客様のチェックインが済んだ夕食前、

「失礼、今よろしいかな」

上品なジャケットを着た四十代の男性に声を掛けられた。

今日から『フクロウの間』にお泊まりのハイゲン氏だ。連れはおらず、お一人で五日間ほど過ごされる予定だ。

「いかがなさいましたか、ハイゲン様」

オリビアは愛想良く微笑む。

オリビアは極力、お客様のことを『お客様』とは呼ばない。あなたのことを知っていますよ、気にかけていますよということが伝わるように、宿泊中のお客様の顔とファミリーネームはチェックイン時にしっかりと頭に叩《たた》き込む。

名前を呼ばれたハイゲン氏も悪い気はしていないようだった。

「明日の朝の食事は、六時に部屋まで頼めるだろうか。軽いものと珈琲《コーヒー》を。七時にはホテルを出てリムレス駅に向かうつもりなんだ。ああ、送迎の車はこちらで手配済みなので必要ない。それから、明後日《あさって》は旧市街地に観光に行きたい。美術館のチケットと、食事ができそうな場所を探しておいて欲しいのだが、可能だろうか？」

一度に大量の用件を述べられ、束の間息を呑《の》む。

ハイゲン氏の指示の出し方は人を使い慣れているゆえのものだろう。躊躇いなく朝食やチケットの手配を頼んでくるあたり、国内外で数多くのホテルを利用し慣れていると見た。

（この人、デキる……！）

強敵と対峙《たいじ》したヒーローのように、オリビアの心に稲妻が走った。

このお客様を満足させてこそコンシェルジュといえるのかもしれない。祖父やハワードならなんなくこなすだろう。

ルイスがぱちぱちと瞬《まばた》きをする横で、オリビアはメラメラと闘志を滾《たぎ》らせる。

「かしこまりました。では、朝食は六時にお部屋にお届けいたします。旧市街地での昼食は何かご希望はございますか？」

「きみに任せる。あまり騒がしくなくて……、軽く酒が飲めるようなところを。私はワインが好きだ。赤でも白でもいい。それと、ここにはプレスサービスはなかったか？」

「ございます。お急ぎでしょうか？」

「ああ。明日の朝までにジャケットを一枚……、可能か？」

「すぐにお預けいただければ、夕食後までにはお部屋にお持ちできるかと思います」

「そうか。では急いで頼むとしよう」

ハイゲン氏が去ると、オリビアは猛然とメモをとった。
・ランドリー係に連絡（今すぐ）
・厨房《ちゆうぼう》係に明日の朝の食事の相談（軽いもの。サンドイッチやリゾット？）
・美術館のチケットの手配（今日はもうじき閉館なので、明日の午前中に）
・レストランの予約（静かにお酒が飲める場所。ワイン好き）
「忙しそうだな」

ルイスは半ば他人事《ひとごと》である。

「申し訳ありませんが、今は愛を教えることや霊について学ぶより、お客様を満足させることが第一です」

「わかった。ついて行くよ」

ここにいても暇だし、という呟《つぶや》きは無視した。今に見ていなさい、そのうちこのコンシェルジュデスクに来客が絶えないようにしてみせるんだから。

彼はランドリーと厨房に向かおうとするオリビアに同行しながら、オリビアやバックヤードですれ違う従業員たちを物珍しそうに見ていた。ジャック・オ・ランタンの箱を抱えた従業員に対しては興味津々だ。

「このホテルはかぼちゃで飾りをつくるのが大好きなんだな。あちこちに飾ってあった。収穫祭でもあるのか？」

「ハロウィンだからですよ」

「はろいん？　って何だ？」

オリビアはびっくりした。

街にもハロウィンの飾りは出ているし、ポピュラーなイベントだと思っていた。

「……え……知りませんか？　十月三十一日に仮装をするとか、聞いたことありませんか？」

「仮装？　なんの？」

「オバケのですよ」

そう言うとルイスは驚いていた。

「霊の仮装をするのか？　霊嫌いのきみにとっては地獄のような一日じゃないか」

「おそろしいオバケに化けるんじゃなくて、可愛らしいオバケになるんですよ。魔女とかミイラとか」

「魔女もミイラもオバケじゃないぞ」

「そういう細かいところはいいんですよ」

「なぜ霊の仮装なんかするんだ？」

ハロウィンの口上なんてもう説明し慣れたものだ。オリビアはすらすらと説明した。

「ハロウィンの発祥はここから離れた異国の地なのですが、十月三十一日は死者がこの世に戻ってくる日だと言われているのです。人間は彼らに魂を取られないように、オバケのふりをして目を欺くんです」

「……………」

「ですが、どちらかと言えばお祭り的な意味合いが強いですね。このホテルではハロウィンが近づくと、オバケの仮装をして行うパーティーがあるんですよ。来週から毎週末に」

ルイスは青ざめている。

「霊が帰ってくる？　魂を取られる？　きみたちはそんな恐ろしいイベントを平然と執り行っているのか？　霊が怖いのに？」

「お祭りみたいなものですってば。大体、ルイスさんは『死者が帰ってくる日など聞いたことがないな』とかって、根拠がないと否定してくれる側でしょう？」

「……俺からはなんとも。霊が賑《にぎ》やかな場所が好きなのは本当のことだし。自分たちから霊を呼び寄せたがるなんて、怖いもの知らずだね」

「わたしは毎年参加していますけど、悪霊がわらわら押し寄せてきたことなんてありません。第一、常日頃からこのホテルは霊だらけなんですから」

言っていて虚《むな》しくなってくる。

「そもそもハロウィンを知らないなんて、ルイスさんは、どちらにお住まいなんです？」

「ミルクウィズの森だよ」

「ミルクウィズの森？　あそこに町ってありましたっけ……？」

「町からは離れたところにあるよ。歩いて二時間くらいかな」

「二時間！　じゃあ、結構な森の奥ってことですか？」

「そうだよ」

ルイスは笑っているが、ミルクウィズはエリメラ公国の東に位置する山の裾野《すその》に広がった森林地帯だ。人が住んでいる集落から二時間も離れているとは、相当な森の奥深くである。そんなところに住んでいたのなら、ルイスの世間離れした様子にも納得だ。

「大変じゃないですか？　買い物とか、病気になった時とか……」

「不便はそこまでないよ。食べ物は、家の裏手には畑があるし、小川に網を張って魚を獲《と》ったり、罠《わな》を仕掛けて鹿や兎を捕まえたりすればいい。日用品は月に一度くらい町に行けば事足りるし」

「……畑仕事や猟は、ルイスさんがするんですか？」

「もちろん」

想像できないと思ったが、ホテルの制服を着るルイスの身体は思ったよりもがっしりしていた。霞《かすみ》を食べて生きていたわけではないらしい。

「お師匠さんは、……その、いつお亡くなりになったんです？」

「三年前だよ。病気でね。四十歳ほどだったかな」

「そこからはずっとルイスさんお一人で生活を？」

「うん」

もしかして、師匠の霊と暮らしているのではとも思ったが、ルイスの口ぶりだと師匠の霊魂はすでにこの世にいないようだ。

「町で暮らそうとは思わなかったんですか？」

「思わなかったね。師匠から受け継いだ家だし。……その辺りはきみと一緒だよ。きみだって、ジョージ殿が亡くなった後も、霊だらけのホテルに住んでいるだろう？」

思い出深い場所から離れがたいという気持ちはオリビアにも理解できる。

けれど、彼は一人だ。オリビアにはハワードや同僚たちがいたけれど……。

「寂しくはないんですか？」

「うん。妖精《ようせい》や精霊たちもいるし、寂しくないよ。でも、こんなふうに人が大勢いる場所っていうのも悪くはないね。意外と面白いよ」

もしかしたら、祖父がルイスに鍵《かぎ》を渡した理由は、オリビアのためだけではなかった可能性もあると思った。

寂しくないとルイスは言ったが、森の奥深くでぽつんと暮らす姿を想像すると、なんとも切ない。故郷で周囲に馴染《なじ》めなかったオリビアの姿と、世俗から離れて暮らすルイスの姿に重なるところがあったのかもしれない。

「せっかくなので楽しんでいってください。毎週末のパーティーの日の夜は、わたしたちの賄いも少し豪華になりますよ」

「おお、それは楽しみだな！」

ルイスの希望で、彼の食事も従業員と同じものになっている。豪勢なディナーよりもそちらの方がいいそうだ。

見習いの名札を付けさせているが、ルイスは祖父のお客様でもある。コンシェルジュとして彼にしてあげられることは何だろう。楽しそうなルイスの姿を横目に、ちょっぴり考えてしまう。

◇

翌朝、オリビアはハイゲン氏に食事を届けた。珈琲《コーヒー》と、押し麦ときのこのリゾット。依頼通りの軽いものだ。

自分の朝食のために食堂に行った時に、ちょうどワイン通の従業員と会ったので、旧市街地周辺の美味《おい》しいレストランを紹介してもらった。

きちんとプレスされたジャケットを着て出かけていくハイゲン氏をエントランスで見送り、空き時間に美術館へ予約を入れる。

合間にルイスを伴って、庭園散策をしているお客様に声を掛けてみたり、ハロウィンパーティーに使う小道具の準備を手伝ったりした。

その後、夕食前に帰ってきたハイゲン氏に美術館の件とレストランの話をする。ハイゲン氏は、美術館からはやや離れているが赤ワインの種類が豊富な店が気になるようだったので、そちらの店にも予約を入れておいた。

（やり切ったわ）

オリビアは心の中で爽《さわ》やかに汗を拭《ぬぐ》った。

なんという充足感。自分が求めるコンシェルジュとはまさにこうだ。

「コンシェルジュってすごいんだね」

ルイスの感想も嬉《うれ》しい。彼はお世辞を言わない人だから、オリビアは仕事のできる先輩として振る舞えているのだろう。

翌日も上機嫌でタスクをこなすオリビアの元に、再びハイゲン氏がやってきた。

「ああ、きみ。ちょっといいかな」

来た、と思ったオリビアは気を引き締める。初日のように、怒濤の注文ラッシュが起きるかもしれない。ルイスはケット・シーとかいう妖精を見かけたと言って席を外しているので、デスクにはオリビア一人だ。

「どうかなさいましたか、ハイゲン様」

「この辺りで有名な土産物は何かな。世話になっているご家族に何か買って帰りたいんだが、おすすめはあるか？」

「日持ちする物ですとワインや蜂蜜《はちみつ》、ジャムです。ハニーミートという蜂蜜を使った焼き菓子は甘さ控えめで人気ですよ。あとは、フローレンス地区に行くと、工芸品や焼き物などが手に入ります。職人の工房がたくさんあるんです」

「工芸品か。それはいいな。では、明日はそこに行ってみることにしよう」

ハイゲン氏が頷《うなず》いたのでほっとする。

良かった。今回もうまく対応できたようだ。

観光客向けのパンフレットを渡しながら、オリビアは祖父のように話題を振ってみた。

「旧市街地はいかがでしたか？」

「教会はなかなか見ごたえがあったな。美術館もきみが予約をとってくれたおかげでスムーズに見学ができたよ。その後に行った湖畔も美しかった」

「たくさん回られたのですね」

「なかなか休みなど取れないからな。一日で効率よく回っているだけだ。紹介してもらった店も美味しかったよ。店の雰囲気もいい。——だが、少々うるさかったのが残念だったな。私は静かな店が良かったのだが」

（え？）

紹介したのは洒落《しゃれ》た隠れ家風だという店だ。静かで、ワインの種類も豊富と聞いた。

客層が変わったのだろうか、と思ったオリビアだが、自分のミスに気が付いてハッとした。

（しまった！　今はハロウィンシーズン。あの通りは昼にパレードが行われるんだった）

町の子どもたちが仮装をして練り歩くのだ。普段は静かで落ち着いた店でも、今は騒がしいことだろう。

「申し訳ありません。ハロウィンシーズンだということを失念しておりました。もしかしてパレードが行われていましたか？」

「まあね。急にどんちゃん騒がしくなったので驚いたよ」

「申し訳ありません」

「いいよ。店自体は良かったし」

ハイゲン氏の口調は責めているわけではなかったが、期待には応《こた》えられなかったようだ。

彼はオリビアが渡したパンフレットを手に去って行った。

「すまないが、少し休む。夜に知人が訪ねてくる予定なのだが、もしも寝過ごしてしまっていたら声を掛けてくれないか。今日は彼と食事に行く約束をしているんだ」

「かしこまりました」

今日の夕食が不要なことは予約時に承っている。

オリビアは恭しく返事をした。

（ああ、わたしってば、せっかくお客様から頼られたっていうのに……）

代わりにフローレンス地区のレストランを調べてご提案しようかしら。いや、ご自分で行きたい店があるのかもしれないし。

どこかで挽回《ばんかい》したい思いを抱えながら、オリビアは休憩時間になると外の空気を吸いに出た。時刻は夕方だが、十月の空はまだ明るい。

（おじいさまなら、こんなミスをしなかったわね）

祖父がいなくなってよくわかる。コンシェルジュ職のなんと難しいことか。

さっきの失敗も、オリビアは申し訳ありませんと謝るだけだったが、祖父ならもっと気の利いた返しをしたかもしれない。例えば……、例えば、『こちらはお詫《わ》びです』と夕食にグラスワインを差し入れてみるとか？

ハイゲン氏はワインがお好きだ。しかし、どの銘柄がいいのか判断できる自信がない。余計なことをして失敗するのもなぁ、と悩む。

——親切とお節介の境界を見誤ってはいけないよ。

祖父はよくそう言ってオリビアを窘《たしな》めた。

高齢のお客様だからと気を遣って、ステーキを食べやすくカットしておくのをありがたいと感じる客もいれば、年寄り扱いするなと不愉快に感じる客もいるだろう。

長年の友人のように親しく出迎えてもらいたい客もいれば、構わずにそっとされるのがちょうど良く感じる客もいる。

——お客様にとってのベストは一人一人違うんだ。その人が何を求めているのかを、やり取りの中で見極めることが大切だ。

（ハイゲン様はどうしたら喜んでくれるのかしら……）

『悩み事か、人間』

どこからか声が聞こえた。

子どもみたいな舌足らずな声だ。

こちらのことを人間と呼ぶからには、声の主は人間ではないのだろう。

オリビアは無視すべきかと悩んだが、エスメラルダ三世が忠告してこないということは大丈夫な霊なのだろうと判断をつけて周囲を見回す。

『お前だ。お前。そこの逆さバケツみたいな髪形の娘』

「逆さバケツ……」

これはボブヘアと言って欲しい。無声映画《サイレント》に出ていた女優の髪型だ。流行《はや》っているのだ。

『ここだ、ここ』

どこで呼んでいるのかと視線を巡らせる。背の高い木の上を見上げたオリビアは、ようやく声の出どころを見つけた。木の上にこげ茶色の猫が立っていたのだ。

（なんだ。二足歩行の猫か……。って、ええーーー！）

猫は木の幹に手をついて仁王立ちしている。

『ようやく気付いたか。私を下ろしたまえ』

「はい？」

『のぼったら、下りられなくなった』

猫にとったら情けない状況のはずなのに、開き直ったように言われて戸惑う。

以前なら見て見ぬふりをしたオリビアだが、……きょろきょろと周囲を確認し、誰もいないことがわかると「ちょっと待っててください」とその場を離れた。

オリビアの背丈よりも大きい、剪定《せんてい》用の梯子《はしご》を置いてやる。

猫は、木から梯子へ、梯子から地面へと、四つ足でジャンプして下りた。

『ふう。手間をかけさせたな。礼を言おう』

下りる時は猫そのものだったが、地面に下り立つと再び猫はすっくと立った。実に尊大な態度だ。だが、ふんわりした毛並みと大きな黒い瞳《ひとみ》はぬいぐるみのようで、偉そうな態度を可愛らしく中和している。

「……あなたは？」

『私はケット・シー』

「ケット・シー……」

ルイスがそんなようなことを言って席を外していた。周囲に彼の姿はない。猫の姿で逃げられたら、ルイスでも追いつくのが大変だろう。

『時に小娘、悩みでもあるのか？』

「悩み？」

『浮かない顔をして空を眺めていたじゃないか。助けてくれた礼に、相談に乗ってやってもいいぞ』

ん？　と偉そうに言われて苦笑した。

（幽霊や妖精《ようせい》って、話し好きなのかしら）

デュラハンは恐ろしかったが、この茶色の猫は友好的なようだ。それに、寡黙な騎士であるエスメラルダ三世や、やかましいナサニエル、その他の霊たちに比べると気安い感じはする。こういう妖精相手なら、オリビアも「仲良く」できるかもしれない。

ケット・シーの手には、ぷにぷにしたピンク色の肉球が見え隠れしている。霊的な物を感じやすいせいか、オリビアは昔から猫や犬に嫌われやすいのだ。良ければ触らせてくれませんかと言いたい気持ちを堪《こら》えた。

「悩みっていうか……。仕事で失敗してしまって落ち込んでいたの」

『ほう、失敗。どんな？』

「ええと、お客様の期待に応えられなくてがっかりさせてしまった、というか」

猫に話してわかってもらえるのだろうか。

ケット・シーはさも訳知り顔で腕を組み、ふんふんと偉そうに唸《うな》る。

『相手の期待に応えるというのは難しいことだ。勝手にお前に期待をし、勝手に失望したということだろう』

「出来て当然だと思われていたのよ。わたしはお客様の困りごとを解決するのが仕事なの」

『難儀だな。だが、それなら私が協力してやってもいい』

「協力？」

『そうだ。ようするに、人の困りごとをお前が解決してやれば、お前の地位は上がるのだろう』

「まあ、そうだけど……。いったい、どうやって協力してくれるつもりなの？」

『簡単だ。私が、客の弱みを握ってくればいい』

猫はニーッと笑った。

瞳孔《どうこう》がきゅっと細くなり、黄色い瞳は爛々《らんらん》と輝いた。

じわりと滲《にじ》む魔性を感じ取ったオリビアは、デュラハンの時に似た、追い詰められるような気持ちになった。人間のように親しげに話しているが、やはり人間ではない。猫はセールスマンのように愛想良く笑う。

『私が弱みを探り、お前がそれを解決してやる。お前は感謝され、喜ばれ、地位も上がるだろう。お礼は魚のフライでいい。私は良心的な良い猫だから、悪い取り引きじゃないはずだ。魚のフライだ。実に簡単なことだ』

「え、っと」

『どうした？　失敗した分を取り戻したいのではないのか？』

猫の圧に呑《の》まれそうになっていると、「だーめ」と銀髪の青年が待ったをかけた。

ケット・シーの背後から歩いてきたルイスは、オリビアに忠告する。

「オリビア。妖精と軽々しく約束なんかしちゃだめだよ。絶対に守らなくちゃいけなくなる。彼らはいい加減で正確だから」

「いい加減で正確って、矛盾していませんか」

「いいように解釈して捻《ね》じ曲げられちゃうよってこと。きみの願いは叶《かな》えられなくても、約束だから毎日このケット・シーに魚のフライをあげることを強要されたりね」

『精霊師殿！　邪魔をするな！』

ケット・シーは毛を逆立てたが、ルイスはびしっと忠告した。

「オリビアにちょっかいをかけないでおくれ。大体、きみは新しい飼い主が見つかりそうなんじゃなかったの」

『ふん、あの人間！　私に猫の缶詰などを与えてきたんだ。魚のフライがもらえるからついて行くことにしたのに、飼われてやると決めた途端に安上がりなものをよこしやがって』

「揚げ物ばっかり食べると猫の身体に悪いからじゃないか？」

『私は猫ではない！』

「飼い主さんには猫にしか見えていないから仕方ないよ」

『ええい、もう良い。せっかく魚のフライを貰《もら》うチャンスだったのに』

猫は駄々っ子みたいに喚《わめ》くと消えた。

ルイスはやれやれとオリビアを見る。

「まったく、きみね。あんなに霊や妖精を嫌っていたくせに、ケット・シーの見た目に騙《だま》されたな」

「すみません」

見た目に騙されたのは図星だ。偉そうな態度もちょっと可愛かったし、なんなら肉球を触らせてもらえないだろうかとも考えていた。

「ケット・シーって危ない妖精なんですか」

「そんなことはない。彼らは人間に友好的だし、仲良くできる。だけど、人間と妖精の善悪の区別は違うんだ。『大嫌いな奴がいる』と相談したら、妖精が『それなら二度と会わないようにしてあげる』と殺してしまった事例もある」

「ひっ……」

「さっきも言ったけど、妖精との約束はそうそう簡単に破れないから気をつけて」

「気を付けます」

客の弱みでも握ってやろうかと言っていたし、本当なのだろう。妖精に安易に頼ってはいけないと肝に銘じる。

(それに、相手の弱みにつけ込んで頼られても、わたしの実力じゃないしね……)

ルイスと共にデスクに戻る。

時刻は十八時。ディナータイムだ。

ハイゲン氏は寝過ごしていたら起こしてくれと言ったが、具体的に何時ごろか聞いておけばよかったと再び己のミスに気付く。

知人が訪ねてくる予定だと言っていたから、その知人が訪ねてきてからでは遅いだろうし……。かといって早く起こしすぎて眠りを妨げても申し訳ない。

悩んだが、遅いよりも早い方がマシかと思い、ルイスを伴って『フクロウの間』に向かった。ハイゲン氏がオリビアに声を掛けたのは十六時ごろ。二時間程度は休めているはずだ。

「ハイゲン様。起きていらっしゃいますでしょうか？」

ノックをしたがなかなか返事がない。

これは寝入ってしまっているのかもしれない。

もう一度ノックをしたところで返事があった。ややあって扉が開く。

「ああ、きみか。やはり寝過ごしてしまったようだな。手を煩わせて申し訳ないね」

「いえ……」

オリビアは躊躇《ためら》いがちに声を掛ける。

「ハイゲン様。お身体の具合が悪いのではありませんか？」

ハイゲン氏は服装こそきちんとしているものの、目は充血していて、顔も赤く、なんだかぼうっとしているように見えた。

「平気だ。寝起きだからそのように見えるのだろう」

「ですがお顔が赤いですし……。体温計をお持ちしましょう」

「いや結構」

ハイゲン氏は断固として認めず、部屋の外に出た。「そろそろ知人が来る時間だ」と腕時計を確認して施錠をする。真鍮《しんちゅう》製の鍵《かぎ》は滑って床に落ちた。

「おっと、失礼」

かがんだハイゲン氏がよろめく。

オリビアは咄嗟《とっさ》にその肩を支えた。

「ハイゲン様、やはりお休みになった方がよろしいのでは？」

「私は普段、熱があっても仕事をしている。この程度、たいしたことはない」

「ですが」

「久しぶりに会う友人と飲みに行くんだ。旅行先で寝込むなんて勿体《もったい》ない。きみはただのフロント係だろう？　このホテルは客の行動を制限するのかね？」

ハイゲン氏に睨《にら》まれたオリビアは口ごもる。

ごもっともだ。オリビアにハイゲン氏の予定に口出しする権利はない。

黙って見送り、後から薬でも差し入れた方が良い対応では？

だが、ハイゲン氏はふらふらだ。こんな状態でお見送りできるはずもない……。

「──コンシェルジュだよ」

黙っていたルイスが口を開いた。

「彼女はコンシェルジュ。フロント係じゃない。お客さんの滞在を良いものにするように考えるのが仕事なんだ」

ルイスの何気ない指摘はオリビアの胸にすとんと落ちた。

そうだ、わたしはコンシェルジュだ。

お客様の滞在を良いものにするのが仕事で――お客様から信頼されるのがオリビアの目標だ。

「――お二人でお出かけになるお店はお決まりでしょうか？」

「いや、まだだが」

「では、お連れ様は三階のバーラウンジにご案内しましょう。ハイゲン様はご体調が優れなければすぐに部屋にお戻りになれますし、もしもお連れ様が飲み足りないようでしたら、街まで車でお送りします。……いかがですか？」

バーラウンジと言っても、バーテンダーが一人で回せるだけのこぢんまりとしたスペースだ。ワイン好きなハイゲン氏を満足させるような珍しい品を置いているわけではないが、体調の悪い中で何杯もグラスを空けたりはしないだろう。

それに相手だって、具合の悪い友人を連れまわすようなことはしないはず。久々に会う友人との約束を直前になって取りやめたくないという、ハイゲン氏の気持ちも汲んだ提案だ。どうだろうか。

「……。わかったよ」

ハイゲン氏はようやく折れてくれた。

「私も、外で倒れて迷惑をかけるのは本意じゃない。それでよろしく頼む」

「かしこまりました」

「もう少しだけ横になる。マイヤーと名乗る男が来たら三階に案内してくれ。私が体調不良だということは言わなくていい。……自分で直接説明する」

ふん、と息を吐いてハイゲン氏は部屋に戻っていった。

「……怒らせてしまったようだね」

ルイスはオリビアの方を窺《うかが》ったが、オリビアは首を振った。

「納得はしていただけなかったかもしれませんが、これがわたしに出来る限りのご提案です。本当なら、もっと早くにハイゲン様の体調不良に気が付けたら良かったんですけど」

もしかしたらコンシェルジュデスクに来た時点で具合が悪かったのかもしれない。

ハイゲン氏に何を依頼されるのかということばかり気にして、彼の様子をしっかり見ていなかったことを反省した。

ルイスは不思議そうだった。

「彼は大人だ。子どもじゃない。きみがそこまで気にかけてあげる必要はないのでは？」

確かに、オリビアは彼の親でも世話係でもないけれど……。

「……好きな相手のことなら些細《ささい》な変化にも気が付きますよね。少し前髪を切ったとか、なんだか元気がないなとか」

「ごめん、その感覚は俺にはわからない。というか、きみは今のおじさんのことが好きだったのか？」

「例え話ですよ。あ、この人は自分のことをよく見てくれているんだなと思ったら嬉《うれ》しいし、困ったことがあったら相談したいなって気持ちになりますよね。愛の反対は無関心ですもの。自分に興味がない人のことを頼ろうとする気は起きません。だからわたしは、お客様のことを常に気にかけて、その人にとって何がいいかを考えられる人になれたらいいなって。今そう思いました」

ホテルに滞在しているお客様の親であり、友人であり、恋人であれたらいい。

「こういうのも『愛』と言えませんか？」

「相手のために何かしたいって気持ちか……。師匠は俺に優しくしてくれたし、俺も師匠に優しくしたいなと思っていたから……」

「素敵な師弟愛ですね」

「……そっか。誰かを思う気持ちが愛なんだね」

ルイスは、亡き師匠を思い出したのか遠い目をしている。

愛を知りたいというルイスの、答えの一つになっただろうか。

「さ、バーテンダーに事情を説明しておきましょう。ワインの代わりに、ぶどうジュースのご用意もできるはずですから」

◇

「……愛の反対は無関心か」

ルイスはぽつんと呟《つぶや》いた。

「それなら俺は、彼女のことを愛していないのかもしれない」

◇

「色々と手間をかけさせてしまってすまなかったな」

二日後、チェックアウトを済ませたハイゲン氏はわざわざコンシェルジュデスクに立ち寄ってくれた。

「いいえ。顔色もすっかり良くなられましたね。良かったです」

結局、ハイゲン氏はその後の予定をまるまる療養に当てたのだ。どうも疲れが溜《た》まっていたらしい。

今は熱はすっかり下がり、普段通りの隙のない立ち居振る舞いに戻っている。彼はポケットからメモを出すと小さく笑った。

「それからこれも。今から寄って帰ることにしようと思う」

オリビアは微笑んだ。

リムレス駅周辺にある土産物屋のリストだ。

体調不良でフローレンス地区へ行くことができなかったハイゲン氏は、目当てだった土産の工芸品を買うことが叶《かな》わなかった。そこで、リムレス駅周辺に出店している店をいくつかメモし、部屋食と共に差し入れたのだ。

余計なことを、と言われても、それはそれでいい。

オリビアなりにハイゲン氏の役に立てるように最善を尽くしただけだ。

「良いサービスをどうもありがとう、コンシェルジュのお嬢さん」

「行ってらっしゃいませ。またのご来城を楽しみにしております」

三章　双子の老婦人とハロウィンパーティー

きのこがおいしい季節になった。

今日の昼のまかないは、炒《いた》めたモリーユ茸《だけ》と玉ねぎがたっぷり入ったキッシュ。ナイフを入れるととろりと溢《あふ》れるチーズと、サクサクのパイ生地が絶妙だ。

「くっ、おいしい……！」

オリビアの向かいの席でルイスが唸《うな》る。

「なんだこのとろとろとサクサクは！　きのこと玉ねぎも甘い！　サラダも毎日違う野菜だし、なぜ具がないスープなのにこんなに滋味深いんだ……！」

住み込みの従業員が多い職場で、食事のおいしさはかなり重要だ。慎ましい暮らしをしていたルイスにとっては衝撃的らしく、毎食毎食大喜びしている。

大袈裟《おおげさ》に感動するルイスに、近くにいた従業員たちはくすくす笑った。ちょっと風変わりな精霊師が、社会勉強の一環として臨時でオリビアの下に付いているという話は、既に皆が知っている。

そこへ、庭師のおじいちゃんがやってきた。皆からヒューさんと呼ばれている、小柄でパワフルなベテラン庭師だ。

「お嬢さん、食事中すまないね。今日の午後なんだけれど、精霊師のお兄ちゃんを貸してくれないだろうか」

「ルイスさんですか？」

なぜわざわざ精霊師を指名するのだろう。ルイスも食事の手を止めて、何かお困り事でも？　と言った。

ヒューさんは神妙な顔つきをして言う。

「実は……。ゴンさんが腰をやっちまったんだ！」

もう一人の庭師、ゴンザレスおじさんが、テーブルの端で両手を合わせるジェスチャーをした。体格が良く、力仕事でヒューさんをサポートしていたのだが、負傷してしまったせいか、肩身が狭そうにしょんぼりしている。

「門の近くに飾ってある大きなカボチャの飾りを中庭まで移動させたいんだ。ハワードさんに言ったら、精霊師のお兄ちゃんに手伝ってもらえないか聞いてみたらと言うから……」

「俺は構わないよ。いくらでも手伝おう」

「本当かい？　ああ、良かった。んじゃ、着替えを貸すから、中庭にある小屋に来てくれないか」

「わかった。というわけで、オリビア。行ってくる」

「はいはい。行ってらっしゃいませ」

意気揚々と去って行く後ろ姿に、この人、当初の目的を忘れていないかなぁ、と半眼になってしまう。

ルイスが古城ホテルにやってきてから二週間余り。彼はすっかりここでの暮らしに馴《な》染《じ》んでいるようだった。


（まあ、機嫌よく働いてくれているのなら何よりなのかしら）

ハロウィンシーズンは忙しいし、手が増えるに越したことはない。わざわざこの時期にやってくる常連客もいるくらいだ。

今日からお泊まりの老姉妹にも長年ご愛顧いただいている。御年七十歳の双子のおばあさまがただ。二人とも戦争で夫君を早くに亡くし、長年姉妹で寄り添って暮らしている。付き合いも長いため、祖父が亡くなった時はお悔やみの手紙まで送ってくださった。

きちんと挨拶《あいさつ》をしたいなと思っていたオリビアだが、お昼にチェックインした二人は、こちらに軽く会釈するのみで部屋に上がって行った。オリビアが、ハロウィンパーティーのランチブッフェや宝探しゲームの準備で、中庭とエントランスを小忙《こぜわ》しそうに行ったりきたりしていたからだろう。

その後、しばらくしてから、部屋を出てきた姉妹と顔を合わせた。

姉のドリーは落ち着いたベージュ色のワンピース。

妹のメリーは華やかなマスタード色のワンピース。

違うのは服の色だけで、顔も髪型もそっくり同じだ。二人は目の端に皺《しわ》を刻んでコンシェルジュデスクにやってきた。ルイスはまだ庭師の手伝いから戻ってきていない。きっと、若い労働力が来たと重宝されているのだろう。

「オリビアちゃん、フロント係になったの？　制服、良く似合っているわぁ」

「ありがとうございます。フロント係ではなくコンシェルジュというんです。お困りのことがあったらお手伝いさせていただきますので、お声を掛けてくださいね」

「じゃあ……、さっそくだけれど、お茶を頼めるかしら？　いつもの場所にいるわ」

「かしこまりました」

オリビアは快く引き受ける。

姉妹は中庭で過ごすのがお好きだ。オリビアは厨房《ちゅうぼう》で準備してもらったティーセットを自分が運ぶと申し出た。

なぜか、厨房係は神妙な顔をしてオリビアに手渡してくる。

「それじゃあ、お願いします。二人分のティーセットです」

「ありがとう」

「……ところで、茶菓子、多すぎますかね？　どう思います？」

「え？」

菓子皿にはかぼちゃを練り込んだマフィンと、星やおばけの形に抜かれたデコレーションクッキーが二人分まとめて盛られている。

「いいんじゃない？　ドリー様もメリー様もお菓子は好きだもの」

御年は召しているが、二人とも昨年はこれくらいの量をぺろりと召し上がっていたはずだ。

「多かったら、お部屋に持ち帰ってもらえばいいじゃない」

「そ、そう、ですよね。減らさなくてもいいですよね」

あはは、と乾いた笑い声を発した厨房係は戻って行った。なんだったのだろう。

ポットのお茶が冷めないうちに中庭へと向かうと、黄色に色づいた葉が風に舞って飛んでいく。すっかり秋の色になった古城ホテルの庭は賑《にぎ》やかだ。草木には紫やオレンジのリボンが結ばれ、いたるところにおばけやかぼちゃを模した飾りが置いてある。あちこちに置かれたジャック・オ・ランタンは従業員たちが空き時間に作ったものだ。庭師が作った立派なものもあれば、垂れ目で愛嬌《あいきょう》のあるものもある。

「ドリー様、メリー様」

二人の指定席はそんなジャック・オ・ランタンたちに囲まれたテーブルだ。

オリビアが姿を現すと二人は嬉《うれ》しそうに笑う。

「ありがとう。ああ、良い匂い」

「可愛いクッキーねぇ。癒《いや》されるわ」

「本当ね、ここに来るときはいつもお菓子が楽しみだわぁ」

「ええ。ジョージさんがにこにこしながら持ってきてくださるのよね」

「……祖父もお二人がいらっしゃるのを楽しみにしておりましたから、今日は空の上で喜んでいると思います。その節はお悔やみのお手紙を送ってくださって、ありがとうございました」

ドリーとメリーは眉《まゆ》を下げた。

三人でしんみりとしてしまう。

「今はハワードさんが支配人なのよね」

「はい。とても頼りになる存在です」

「ジョージさんも、ハワードさんとオリビアちゃんがこのお城を守ってくれて喜んでいるでしょうね。あたしたちにお迎えが来た時は、ジョージさんにちゃんと伝えるわね。オリビアちゃんたちは立派にやっているわよって」

「お二人はまだまだお元気じゃありませんか。祖父のようにとはいきませんが、精一杯おもてなしさせていただきますので、どうぞゆっくりくつろいでくださいね」

お客様が祖父を偲《しの》んでくれるのが、オリビアには少し誇らしい。その度に、祖父はお客様に慕われる素敵なホテルマンだったのだなぁ、と偉大な背中に感じ入る。

二人の元を去ったオリビアはトレイを厨房に返しに向かった。

すると、先ほどの厨房係が「どうだった？」とやってきた。忙しいだろうに、わざわざ作業の手を止めるほど気になることらしい。

「どうって、お菓子のこと？　別に多いとは言われなかったわよ」

「そうじゃなくて、ドリー様のご様子です」

「ドリー様の様子？　特に変だとは思わなかったけど……」

具合が悪そうだとか、食が細くなったとかいった様子は見られなかった。メリー様と仲良く話していらしたわ、と言うと厨房係は感じ入ったような顔をした。

「さっすがコンシェルジュ、あんな依頼にも動じませんね。……了解です。つまり、オリビアさんは二人に接する感じで話してきたってことですよね。ウエイターたちがディナーの時にどうするか困っていたので、参考にさせてもらいますね」

厨房係が何を言いたいのかわからない。オリビアは大いに戸惑った。

「ちょっと待って。あんな依頼ってどういうこと？」

「え？　聞いてないんですか？」

厨房係は困ったように頬を掻《か》いた。

「『お茶も食事も、予約通りメリー様の分も用意して欲しい』と言われているんですよ。ドリー様、亡くなったメリー様がお側にいると思い込んでいるらしいですね、お気の毒に……」

ルイスは夕食時にコンシェルジュデスクに帰ってきた。

　庭作業がずいぶん楽しかったのか、ぴっかぴかの笑顔だ。部屋で汗を流してきたらしく、艶《つや》めく髪からはシャンプーの良い匂いが漂っている。機嫌のいい彼の周囲には、普段にも増して、ふよふよ漂う精霊がくっついていた。

「ただいま、オリビア。いやー、つい夢中になってあれこれ手伝ってしまったよ。このホテルには畑まであるとは感激だ。花も見たことがないものばかりで素晴らしい」

「おかえりなさい、ルイスさん。遅いです。ずっと待ってました……！」

「どうしたの？」

「どうしたもこうしたもありません。大変なんです。お客様がですね、し、死ん……」

――ゴホン！

咳払《せきばら》いをしてきたのは、フロントに立つトニーだ。

今は夕食時でエントランスにお客様はいないが、私語をするのに相応《ふさわ》しい場ではない。

こちらへ来てくれませんか、とオリビアはルイスを連行した。

実際に見てもらった方が早いだろう。二階のレストランホールの入り口で中を窺《うかが》った。

姉妹の卓を探すと、ちょうどウエイターが皿を置くところだった。

向かい合って座るドリーとメリーの前に一皿ずつ。デザートの説明をするが、ウエイターの視線はドリーにしか向いていない。ドリーもメリーもそれを気にした様子もなく、和やかにしていた。

「あ、あの姉妹です。実は片方は亡くなられているとのことなんですがっ」

「うむ。マスタード色のおばあちゃんは確かに死んでいるな」

ルイスに断言されたオリビアは眩暈《めまい》がした。

マスタード色のおばあちゃん——妹のメリーの方だ。

「わたし、亡くなっていると気づかずに普通に接客してしまいました……」

「別にいいんじゃない？　霊のおばあちゃんも喜んだんじゃ？」

「わたしに霊が見えることは人に知られたくないんですっ」

危うく従業員に変な奴だと思われるところだった。

「いつもならこんな失敗しないのに……、ルイスさんといるせいで感覚がおかしくなってしまったのかしら」

「ひどい言われようだな」

「いえ、違うわ。ドリー様が普通に話しているから……、そう！　生きているドリー様も普通に会話なさっているんです！　霊と！　つまり、ドリー様も霊が見える人ということ……？」

ドリーが霊である妹がそこにいるかのように接するから、オリビアも気づけなかったのだ。それに、メリーも生きている人間のようにふるまっている。いきなり消えたり、現れたり、人をすり抜けたりせずに姉のそばにいるから……。

「あのおばあちゃん、亡くなってからまだ日が浅いのでは？」

「ええ。一か月も経ってないらしいです」

厨房係《ちゅうぼう》から話を聞いたオリビアはすぐにフロントに確認したのだ。

妹のメリーは急逝してしまい、予約をキャンセルしないままに旅行の日がやってきてしまった。どのみち、妹の分の料金は発生してしまう。そこで、「メリーの分も食事を用意して欲しい」と申し付けられたそうだ。

ホテル側としては、食事も部屋も二人で泊まることを想定していたので問題はない。むしろ、喪に服した状態でドリーが来てしまったことを心配していた。

トニーからは「ごめんごめん、オリビアが忙しそうだから伝えそこなってて……」と詫《わ》びられたが、そもそもドリーの依頼は「妹の分の食事も提供して欲しい」であって、「妹がいるかのように振る舞ってくれ」ではない。ディナーの皿数を確認せねばならない厨房係ならともかく、オリビアには急ぎで伝える必要がないと判断したらしい。ドリーが妹がいるかのように振る舞っているのは、見ればわかるのだから。

「わたしには、姉妹が楽しそうに話しているように見えるけれど……。他の人にはドリー様が一人で喋《しゃべ》っているように見えるのよね……」

メリーのガトーショコラは減らない。

食べているように見えるが、実際はドリーに付き合って口に運んでいるふりをしているだけなのだ。

霊が嫌いなオリビアだが、さすがに常連客の霊となれば心が痛んだ。こんなふうに生前から付き合いのある人の霊と会うのは初めてのことだ。

「ドリー様もメリー様もずっとお二人で仲良く暮らしてこられたんです。だからメリー様はお姉様のことが心配なんでしょうか。それで、地縛霊に？」

「地縛霊は土地や建物に縛られている霊のことだよ。自分が死んだことを理解できなかったり、何か特別な愛着があったりして、その場所を離れたくない霊のこと。——あのおばあちゃんは浮遊霊だね。二人で暮らしていたという家じゃなくて、お姉さんにくっついているようだ。自由に移動できるから、誰にでもとり憑《つ》ける。ナサニエル君と一緒だね。それと、お姉さんに見えているのは妹の霊だけらしい」

子どもの霊がタタッと走り去って消えたが、ドリーのすぐ側を通ったにもかかわらず、気づいている様子はなさそうだった。

姉妹は楽しそうに会話を続けている。

「そっとしておいて大丈夫なんでしょうか？」

「大丈夫っていうのは？」

「えっと、あのままにしておいたら、メリー様はエスメラルダ三世やナサニエルみたいに、ずーっとこの世に留《とど》まることになりますか？」

「そうなるかもね」

「じゃあ、そうなる前にどうにかしてあげるべきではありませんか？」

「どうにかって？」

ルイスに聞き返されたオリビアは逆に不思議だった。

「え……。天国に導いてあげたりしないのですか？」

「迷子の霊ならね。でも、あのおばあちゃんは本人の希望でこの世に留まっているんじゃないの？　だったら、頼まれもしないのに天国に送ったりするのは野暮だよ」

ルイスの反応は至ってあっさりとしている。

常連のお客様が幽霊になってしまった、わぁどうしよう、と慌てているのはオリビアだけで、ルイスにはいまいち共感してもらえない。それがオリビアには不満だった。

（放っておいていいものなの？）

誰にも見えない相手に向かって喋りかけているドリーのことを、ウエイターや他の客は気の毒そうに見ている。ドリー本人はいいかもしれないが、幽霊のメリーは、自分の存在のせいで姉が周りから変な目で見られることを何とも思わないのだろうか。

「……じゃあ聞いてみようか」

オリビアの表情が曇ったままだったので、ルイスはそう提案した。

「聞くって、メリー様の霊にですか？」

「うん」

デザートを食べ終えれば食事は終わりだ。早く食べ終わった宿泊客は席を立ち、部屋に帰っていく。

ドリーとメリーは他の客が全員いなくなった後にゆったりと出てきた。すぐにオリビアに気づいてくれる。

「あら、オリビアちゃん。どうしたの？」

「ドリー様、あの……」

「はじめまして、マダム。俺はルイス・ラインフェルトと言います。少しお話しさせていただいても構いませんか」

如才なく挨拶《あいさつ》をしたルイスに、ドリーは少女のように華やいだ声を上げる。

「あらあら、まあまあ。初めて見るお顔ねぇ」

『新人さんかしら。色男ね、おいくつなのかしら？』

「もうすぐ二十一ですよ」

ルイスはメリーに向かって優しく微笑んだ。

ドリーが目を見開く。ルイスは今、幽霊の質問に答えたのだ。

「……あなた、妹が見えるの？」

「はい。オリビアにも見えていますよ」

「やっぱり！　そうじゃないかと思ったのよ！」

ドリーは喜んでいた。

「あたしだけの幻覚じゃないのよね。メリーはちゃんとここにいるでしょう？」

『死んじゃってから誰もあたしに気づいてくれないのよ。でも、オリビアちゃんとはまたお話しできるのね。嬉《うれ》しいわ』

「ええ、あの、……はい……」

さすがに付き合いのあるメリー相手に「霊とは喋りたくありません」とは言えずに、モゴモゴと相槌《あいづち》を打つ。

「それで、お話って言うのは？」

「こちらの妹さんを天国に送ってあげた方がいいのではないか、とオリビアが言っていまして」

「ちょっと、ルイスさん！」

もうちょっとオブラートに包んで欲しかったと思うが、正直者のルイスにそんな技術はない。ドリーは一瞬何を言われたかわからないような顔をしたが、すぐに笑った。

「オリビアちゃんは、あたしが妹の霊にとり憑かれていると思ったのね。大丈夫よ。あたしはメリーにここにいて欲しくていてもらっているの」

メリーの方も頷《うなず》いた。

『あたしはドリーに悪さをする気はないわ。突然死んでしまって、ドリーに別れを告げられないままだったから……、気づいたらお葬式で泣いているドリーの前に現れることができたの。また会えて嬉しかったわ』

「あたしもよ、メリー。オリビアちゃん、手間をかけさせて悪いけれど、明日からもメリーの分の食事を用意してやってくれる？　やっぱりね、向かいにメリーが座っているのに、メリーの分のお皿がなかったら寂しいじゃない？」

「ええ、それはもちろん、構いませんが……」

「お願いね。ああ、あたし、お腹がいっぱいで苦しいわ。そろそろお部屋で横になりましょうか、メリー」

『そうね。心配してくれてありがとう、オリビアちゃん、ラインフェルトさん。あたしはこのままひっそりとドリーの側にいるつもりよ。気にしないで、っていうのは変だけど、追い払わないでいてくれると嬉しいわ』

二人が去って行くと、ルイスは「ほらね」という顔をした。

「納得してこの世に留まっているんだから、俺がどうこうする必要はないんだよ」

「でも……」

オリビアは口ごもる。ルイスは不思議そうだ。

「きみはどうしたいの？」

「どうって……」

どうしたいんだろう。ドリーもメリーも望んでいることだ。なのに納得がいかない。

オリビアの心はもやもやしてしまう。

◇

「あー、ありがと、オリビア。助かったわ」

終業後、清掃係のメアリと一緒に戻ってきた貸衣装の片付けをした。ロビーに設置してあるハンガーラックには、ドラキュラのマントや包帯を縫い付けた上着、魔女のような緋《ひ》色のドレスなどがかけられている。小さめのラックには子ども用の衣装や小道具などもあり、ハロウィン期間中はお客様に自由に楽しんでいただく。

「来年はもっと衣装を増やしたらどうかしら。新しいドレスとか、メイド服とか」

メアリがマントをつまみ上げて言う。

「ハロウィンだからオバケや魔女の仮装じゃないとダメなんじゃない？」

「そう？　奇抜な格好ができる時なんて一年に数回なんだから、せっかくだから楽しみたいじゃない。ハワードさんもそう思いません？」

〈衣装をご利用の際は、フロントかコンシェルジュにお声掛けを〉の札の傾きを直したハワードにメアリが声を掛ける。

「うーん、どうでしょう。凝った衣装を身につけたい方は持参されますし、その分の経費は賞品に回した方が良いのでは、というのが先代の考えでしたから」

「じゃあ、今年は賞品に経費を使って、来年は衣装に経費を使う、みたいにしたらいいんじゃない？」

「一年おきですか……。まあ、支配人に相談してみることにします」

ハワードがなにげなく言った言葉に、オリビアとメアリは視線を交わしてしまった。

今の〝支配人〟はハワードだ。支配人に相談してみますというのは長年のハワードの口癖だ。

「ああ、すみません。疲れていたもので、つい……」

「……ううん」

オリビアは首を振る。

微妙な空気が流れたが、メアリは「今はハワードさんの一存でしょ」と言った。

「先代はもういないんです。全部の決定権はハワードさんにあります。だから、……ねっ？　お願いしますよぉ。もっと可愛い衣装が欲し～い」

猫なで声を出したメアリにハワードはぷっと吹き出した。

「あなたが着るわけではないでしょうに。まあ、考えておきますよ」

「ちゃんと言質はとりましたからね」

メアリに念押しされたハワードは笑って逃げた。

「……ありがとね、メアリ」

「ん？　なにが？」

「ううん」

ハワードは祖父に気を遣いすぎている。祖父の遺志に沿おうとしてくれることは嬉しいが、そのことに囚《とら》われすぎているのではないかとつねづね気になっていたから、メアリが冗談っぽく指摘してくれて良かった。

「……あの人、有能なのに情に篤《あつ》いところがあるから。元々自分の仕事がうまくいっていなかったときに先代に拾われたのもあって、このホテルを先代が望まない方向に改革するのは躊躇《ため》らうんでしょうね。もちろんそれは悪いことではないけれど、いつまでも先代に依存していてはいけないわ。まっ、ハロウィンの衣装なんてたいした額でもないし、小さなことからコツコツと変化させていかなくちゃ」

「…………」

メアリのコメントはやけに達観している。まるで、ハワードがこのホテルにやってきたときから知っているかのような口ぶりだ。

「……メアリって、本当は何歳？」

「うふふ、内緒！」

メアリの実年齢はともかくとして——オリビアの心のもやもやは少しだけ晴れた。

(そっか。わたしは、ドリー様がメリー様に依存しているように見えるから気になったのかも)

もしも祖父の霊がこのホテルに居たら、きっとオリビアもハワードも頼りきりになってしまっていただろう。

ドリーとメリーが仲睦《なかむつ》まじいのは良いことだ。

だけどドリーは高齢だ。二人で暮らしていた家に閉じこもり、メリーとばかり話していたら、あっという間に周囲から孤立してしまう。現に今も、妹を亡くして心を病んでしまったのだと腫《は》れ物に触るように扱われている。

（わたしはコンシェルジュ。……霊が見えるコンシェルジュ）

ドリーの要望通りに妹の分の食事を提供し、妹がいるかのように振る舞い続けることは、果たして本当にドリーのためになるのだろうか。

◇

もう一度ルイスに相談してみようと思ったオリビアだが、ドリーと会う方が早かった。

翌日もルイスは庭師の手伝いに駆り出されてコンシェルジュデスクを空けていた。花柄のワンピースを着たドリーは庭先を案内して欲しいと言う。その後ろにいるメリーはマスタード色のワンピースのままだ。霊は服を着替えない。

今はコスモスが綺麗《きれい》だと言うと、ぜひそこに行きたいと言われた。

ドリーの歩くペースに合わせて、オリビアもゆっくり歩く。

「オリビアちゃん、今年のハロウィンは何の催し物をやっているの？」

「宝探しゲームですよ」

「宝探しゲーム！　楽しそうねえ。おばあちゃんにもできるかしら」

「大丈夫ですよ。宝箱はたくさんありますし、隠し場所になりそうなところを考えながら散策してください」

「じゃあ、目星をつけておかなきゃねえ、メリー」

『そうね、ドリー』

「おとしのホリデーシーズンに来た時も楽しかったわねえ。あたし、飾りつけを見るだけでわくわくするわ。次はホリデーシーズンに来ましょうね、メリー」

『……ええ』

ドリーが明るく言うが、霊体であるメリーはあまり乗り気でないようだ。

「どうかされましたか、メリー様」

オリビアが尋ねるとメリーは苦笑した。

『ねえ、オリビアちゃん。このホテルって、あたし以外にもたくさん霊がいるのね』

いいます、という意味を込めて曖昧《あいまい》に微笑む。

まさか、お客様とこんな話をする日がくるなんて思わなかった。

「まあ、メリー。幽霊が見えるようになったの？」

『はっきりとは見えないこともあるけれど、なんとなく存在を感じたり、声が聞こえたりするのよ。それで、皆、とっても悲しそうなの』

「あらまあ、よっぽど辛《つら》い亡くなり方をしたのね」

ドリーは同情したようだが、メリーは他人事《ひとごと》ではないようだった。

『……あたしもああなるのかしら。夜な夜な泣いて徘徊《はいかい》したり、誰かを怖がらせたりしない？　ドリーが死んじゃった後、あたしだけこの世に残ってしまったりしたら、どうしたらいいのかしら』

「なに言っているのよ。メリーなら大丈夫よ。それに、メリーがこの世に残るなら、あたしだって天国になんて行かないわよ」

『それはだめよ。ドリーは天国に行ってちょうだい』

「何言っているのよ。それならメリーだって天国に……」

ドリーは口を噤《つぐ》んだ。

そして、嫌々をするように首を振る。

「ごめんなさい、メリー。行かないで。あたしも、きっともうすぐ寿命が来るわ。あたしの寿命が来るまで、もう少しだけ一緒にいてちょうだい」

『あなたの寿命がすぐだなんて言い切れないわ。とっても長生きするかもしれない』

「すぐよ、すぐ。あたしたち、ずっと一緒だったじゃない。今さら一人で生きていくなんて寂しすぎるわ。あたしの側で見守っていてちょうだい」

『ええ。でも、あたし……』

メリーの心は揺れているようだ。悲しむドリーの肩に手を置こうとするが、霊体である彼女の手はすり抜けてしまう。一緒にいても触れられないし、おそろいの服を着ることも、同じものを食べることもできない。メリーにとっては辛いだろう。それに、ドリーの寿命なんて誰にも分からない。

『ドリー、あんたはまだ生きている。生きている人の輪で暮らした方がいいんじゃない？』

「やめてよ、メリー。いなくなってしまうつもりなの？　考え直してちょうだい。それに、そんなに勝手に天国に行けるものなの？」

「――行けるよ」

がさがさと茂みを踏みながらやってきたのはルイスだった。

庭師から借りたらしい作業着を着て、頰には泥をつけている。

「あなたはまだ死んだばかりだ。魂が肉体に引きずられて、ちょっぴりこの世に留《とど》まっているだけの脆《もろ》い霊体だ。だけど、この世に留まり続けていれば留まり続けているだけ、天国に行きにくくはなる。もしもある日突然、お姉さんが死んでしまったら、あなたはここに留まり続ける意義を見失うだろう。そしてどこにも行けずに彷徨《さまよ》い続ける魂になる可能性はゼロじゃない」

ルイスに二人を脅かそうという気はないのだろうが、メリーは深刻な顔をした。

『大変だわ、あたし、彷徨う魂になっちゃう……』

「やめてちょうだい、メリー。勝手にいなくなってしまったら、あたし、許さないから」

ドリーはメリーを置いて引き返していってしまった。

オリビアは追いかけるべきかどうか悩んだが、

『霊が見えるお兄さん、あたしをあの世に送ってちょうだい』

メリーの言葉に、

「いいですよ」

ルイスがあっさりと了承してしまったので足を止めた。

ルイスなら躊躇うことなくメリーを天国に送ってしまう。

「待ってください、メリー様。考え直してください」

『いいのよ、オリビアちゃん。やっぱりあたしはこの世に残るべきじゃなかった。この城にいる他の幽霊みたいに、徘徊するおばあちゃんの霊になりたくないわ。それに──あたしがいると、ドリーがだめになってしまう。ドリーが喜んでくれるなら側にいようと思ったけれど、あたしがいるせいでドリーは変な目で見られてしまうわ……』

「それなら、きちんとお別れの場を作りましょう」

オリビアはルイスを押しのけてそういった。

「お二人が納得できる別れになるように、わたし、考えますから」

『……そうね、オリビアちゃんに任せるわ』

メリーは納得したようにうなずき、去って行ったドリーを追いかけた。

オリビアはルイスに向かい合う。

「あなたっていう人は、本当に、もう、もう、もうっ！」

孤独を感じているドリーを目の当たりにして、「あの世に送ってちょうだい」「いいですよ」と即決するなんてありえない。姉妹の間にわだかまりが残ること間違いなしではないか。

「ごめん、俺、また何か間違えた？」

でも、それがルイスなのだ。もういい加減に慣れた。だから彼は、愛を教えて欲しいとオリビアに依頼してきたのだ。

ふーっと息を吐く。

そして、気合を入れて言った。

「一緒に姉妹愛の行方を見届けましょう。協力してください」

◇

週末。中庭にはテーブルが並べられ、宿泊客たちは思い思いの仮装で外に出ていた。

可愛らしい黒猫に妖精《ようせい》、ドラキュラ伯爵に血濡《ちぬ》れのメイド。ハロウィンを楽しみたくて来ているお客様たちばかりなので、皆、仮装にも力が入っていた。

乾杯の合図とともに、ウエイターたちが準備してあった料理の蓋《ふた》を次々に外す。

ハロウィンパーティーの前半は料理を楽しむ歓談の場だ。

カットされたグリルステーキ、エビの香草ソテー、鮭とレモンのクリームパスタ、ミートパイ、カラフルな野菜のピクルス、きのこのグラタン、かぼちゃとナッツのサラダなどなど、ブッフェスタイルの食事に「わぁっ」と歓声が上がる。

その間にオリビアと数人の従業員たちはこっそりその場を抜け出すと、城の裏手にある庭園に回った。それぞれが手分けして隠すのは宝箱だ。

「えと、十二番の箱はベンチの裏。十三番の箱は花壇の植え込み……」

宝箱はこの後、宿泊客たちに探してもらう。ちょっとしたイベントだ。

あとでどの宝箱が回収されていないかが確認できるように、決められた場所に決められた番号の宝箱を隠していく。

オリビアたちが帰ると、客たちはもうすっかり料理を堪能《たんのう》しつくしたあとだった。

ドリーとメリーはテーブルに座り、まったりとお喋《しゃべ》りしながらパーティーを楽しんでいる。あの後、姉妹は和解したようで、相変わらず散歩や食事は二人一緒だ。

「さて、紳士淑女の皆様。パーティーはお楽しみいただけているでしょうか?」

ハワードが拡声器で語りかける。

「これより、『宝探しゲーム』を始めたいと思います。庭園の一部に宝箱を隠しました。宝箱は全部で五十個。中にはお菓子が入っています」

アシスタントのオリビアが宝箱を掲げた。

片手サイズのおもちゃの宝箱だ。蓋を開け、中身を取り出してみせる。ごく普通のキャンディだ。「これはハズレです」。

「そして五十個のうち三つは……」

次はトニーが宝箱を掲げる。

「金のリンゴのオーナメントが入っています。見つけた方にはお帰りの際に、ちょっとしたお土産をプレゼントさせていただきます」

　客たちは仮装をしていることもあり、子どもはもちろん、大人まですっかり童心に返った表情をしていた。

「制限時間は四十分。捜索の対象外になる場所はオレンジ色のリボンで封鎖してありますので、みだりに入らないようにお願いいたします。スタッフも巡回しますが、小さなお子様とはぐれないようにご注意くださいませ」

　ハワードの口上が述べられ、ゲームが始まる。

　オリビアはドリーとメリーの元に向かった。

『オリビアちゃん』

　嬉《うれ》しそうに手を振ってくれるのはメリー。

　ドリーは少し気まずそうに「こんにちは」と笑った。

「オリビアちゃん、この間はごめんなさいね。あたし、謝らなくちゃって……。ずいぶん取り乱しちゃって、メリーにも叱られたわ」

「いいえ、ドリー様が謝られることなんてありません。さ、一緒に宝探しをしましょう」

「そうね。行きましょう、メリー」

『ええ、ドリー』

　ドリーは立ち上がり、オリビアと共に庭園の方に出た。

　既にあちこちで「見つけた！」「こっちも見つけた！」と声が上がっている。

「おばあちゃんには難しいわ。でも、一つくらいは見つけたいわね」

『だったら、あたしに任せて』

「メリーに？」

『ええ。探してくるわ』

メリーはふっと消える。びっくりしたドリーを尻目《しりめ》に、メリーは離れた場所に姿を現した。幽霊なので移動が自由自在なのだ。高い木の上も、花畑の中も難なく移動ができる。

「メリーは……幽霊だものね」

ドリーがぽつりと呟《つぶや》く。

メリーはすぐに帰ってきた。

『あったわよ、ドリー。あの木のくぼみに隠してあったわ。今なら誰も気が付いていないから、見つけるチャンスよ』

「まあ。じゃあ、取りに行かなくちゃ」

気を取り直したドリーは案山子《かかし》の並ぶ道を越えて、メリーの言った木の元へと向かった。急ぐ気持ちからか途中で蹴躓《けつまず》いてしまう。

咄嗟《とっさ》に手を出したのはメリーだが、その手はすり抜け、オリビアがドリーの身体を支えた。

「大丈夫ですか、ドリー様」

「……ええ。大丈夫よ、……大丈夫」

ドリーは微笑むと、そこに広がった見事なコスモス畑を眺めた。秋の柔らかな光に照らされ、ピンクに白、紫の花たちはお喋りをするように風にそよいでいる。

『綺麗《きれい》ねえ、ドリー』

「ええ、メリー。コスモスはあんたの好きな花だったものね」

この花畑にはあらかじめ柵《さく》が立ててある。とはいえ、丸太を繋《つな》げただけの低い柵なので、跨《また》ごうと思えば簡単に跨げてしまう。宝探しの捜索の範囲外なので、入れないように出入り口はリボンを使って封鎖してあった。

メリーはひとっ飛びしてコスモス畑に入る。

『見て、ドリー』

「メリー、ずるいわよ。幽霊だからって……」

ドリーは口ごもった。

メリーは力なく笑う。

『そうよ。あたしは幽霊なの。もうあんたとは違うのよ、ドリー』

いくらメリーが側にいるように思えても、幽霊は疲れを感じずに軽々飛び回れる。入ってはいけないところにだって入れる。でも……。

『ドリー、あたしたち、もうお別れしましょう』

「何を言うのよ。メリー」

『あんたももうわかっているはずよ。あたしたち、一緒にいればいるだけ傷つくわ。あんたは手つかずのあたしの分の食事を見て悲しい顔をするけれど、あたしも同じよ。あんたが美味《おい》しいと言った物の味は、もうあたしにはわからない。あんたが転びそうになっても助けてあげられない。――だから、あたしを今日、ここで送ってくださいって頼んだの。ルイスがやってくる。オリビアちゃんに』

今日はホテルマンの制服ではなく、精霊師のローブ姿だ。宿泊客たちが皆、奇抜な衣装を着ているので、ルイスの装いは悪目立ちすることなく馴染《なじ》んでいる。

「ひどいわ。みんなであたしを説得する気なのね。オリビアちゃんも、お兄さんもひどいじゃない。あたしが幻を見ているわけじゃないって知っているでしょう。あたしはメリーと別れることを望んでいないわ」

『あたしが頼んだのよ』

メリーはきっぱりと言った。

『オリビアちゃんはこんしぇるじゅ。お客さんのお願いを聞く仕事なんですって。そしてルイスさんは精霊師。あたし、コスモス畑で天国に行きたいってお願いしたの。そうしたら叶《かな》えてくださるって』

ルイスは懐から水晶を取り出すと太陽に掲げた。

水晶はきらきらと輝き、あたりに光を振りまく。するとそこに精霊たちが近寄ってきた。よくルイスに纏《まと》わりついている、蛍のような精霊たちだ。

『まあ、綺麗』

「光の精霊は澄んだ綺麗なものを好むんだ」

『この子たちはどこから来たの？』

「どこにでもいる。草木にも、花にも、空気にも、精霊は宿っているんだ」

メリーは精霊たちに興味津々だ。

オリビアもじっと見入ってしまう。

精霊には不思議な魅力がある。幽霊のような俗っぽさもなければ、妖精《ようせい》のような妖《あや》しさもない。言葉も話さず、何を訴えかけてくるわけでもないけれど、ただ、そこにいる。

「見ようと思わなければ見えない。でも、彼らはずっと側にいる」

『そう。見えなくても側にいるのね……』

優しく微笑んだメリーは、ドリーの肩に手を置いた。

『あたし行くわね、ドリー。お花畑で、精霊さんたちに囲まれて天国に行けるなんて夢みたい』

「嫌よ、だって、そんないきなり。心の準備なんてできていないのに」

『別れは突然来るものよ。だからみんな、後悔のないように生きるの。あたし達、二度目のお別れの時間を貰《もら》えただけ幸運なのよ』

「……………」

『ありがとう、ドリー。七十年間、あなたといられて、とっても楽しかった』

「…………メリー……」

メリーは花畑の中へ行ってしまう。

ルイスは俯《うつむ》くドリーの手に水晶を握らせた。

「この水晶から手を離せば、精霊たちが妹さんの魂を天国に導いてくれる」

「……決心がついたら離しなさいということかしら？」

「ええ」

「決心なんかつかないわ。お若いあなたにはわからないかもしれないけど、大切な人と二度と会えなくなるのって、辛《つら》いことなのよ」

「俺も唯一の身内である師匠を亡くしている」

「あ……。ごめんなさい、あたしったら……」

ドリーは口ごもる。

水晶の輝きが弱まったような気がしてメリーの方を見ると、メリーの周囲にいる精霊たちの輝きも鈍っていた。オリビアは慌ててルイスの袖《そで》を引く。

「ルイスさん、光の精霊が減っていますよ」

「光の精霊は穢《けが》れを嫌うからな」

「あ、あたしなんかに持たせたら、精霊が減ってしまうわ」

穢れと言われてドリーは慌ててルイスに水晶を返そうとしたが、ルイスは首を振った。

「妹さんは、最期の時をあなたに見送って欲しいらしい」

「ドリー様……」

オリビアはドリーの肩にそっと触れた。

「……あの子が死んだとき、あたしは家にいなかったの」

ドリーはぽつんと呟いた。

「仲の良いご近所さんにお料理のお裾《すそ》分《わ》けに行って、そこでついつい話が弾んでしまってね。帰ったら、心臓の発作を起こしたメリーが倒れていて……もうすっかり冷たくなっていたわ」

「ドリー様……」

「メリーはすごく苦しそうな顔をして死んでいたわ。だけど……」

コスモス畑の中にいるメリーは穏やかな顔で微笑んでいる。

「あたしのわがままで、あの子を苦しませ続けちゃいけないわよね」

メリーはこちらに向かって手を振った。

『さよなら、ドリー』

「さよなら、……メリー」

ドリーが水晶から手を離す。解き放たれた風船のようにメリーの霊と精霊たちは空へと舞い上がって行った。その姿は神々しく、楽しげだった。少女が精霊たちと戯れるようにどこまでも軽やかに飛んでいき、やがて空気に溶けるようにいなくなった。

ドリーもオリビアもルイスも、じっとコスモス畑を見つめた。

なんと声を掛けていいかわからず、ルイスも神妙な顔をしている。

そこに、「すっげー!」と甲高い声がかかった。オリビアはぎょっとして振り返った。

「なあ、ばあちゃん。今、天使と喋《しゃべ》ってた?」
六、七歳くらいの子どもだった。
彼は明らかにメリーがいた辺りの場所を見つめている。

オリビアは思わずルイスに小声で話しかけてしまった。

「どうなっているんですか、ルイスさん。さっきのメリー様の姿って、もしかして皆に見えているんですかっ⁉」

「いや、そんなことはないよ。子どもの方が感受性が強くて聡《さと》いから、たまたまあの子には見えてしまっただけだろう」

「そ、そうなんですか」

天使が空に飛んでいったなんて目撃談があちこちから上がったらどうしようか、と焦ったオリビアはほっとした。しかし、少年にはなんと説明したものか……。というか、しんみりした空気をぶち壊されたドリーは大丈夫だろうか。

ハンカチで涙を拭《ふ》いたドリーは振り返る。

彼女は優しい顔で笑っていた。

「あなたにも見えた? あたしの死んじゃった妹がハロウィンに会いに来てくれたのよ」

「えっ？　じ、じゃあ……、おれが見たのってユーレイ……？」

「そうよ」

ドリーの肯定に少年は戸惑っている。

もしかして他にも幽霊がいるのか、と周囲をきょろきょろ見た。ドリーは悪戯《いたずら》っぽく笑う。

「でも、綺麗だったでしょ。幽霊って怖くないのね。天使みたい。天使様が内緒で宝物の隠し場所を教えてくれたわ」

ドリーが指さした先は木のくぼみだ。そこには先ほど見つけた宝箱がある。

「あっ、宝箱だ！」

「持って行ってちょうだい。そのかわり、あたしが天使様と一緒にいたことは内緒よ」

「うん、わかった。内緒にする！……やったぁ！　当たりだ！　ありがと、ばあちゃん！」

宝箱の中身を見た少年は嬉《うれ》しそうに去って行く。ドリーは温かい目で見送っていた。

「ママぁー！　見て、当たりだよ！」

掲げられた金のリンゴのオーナメントは陽の光を浴びてキラリと輝く。

光の中に、空気の中に、見えないけれど光の精霊は側にいる。話ができなくても、存在を感じ取ることはできるのだ。

「ありがとうございました」

しばらくコスモス畑にいるというドリーと別れ、オリビアはルイスと共に庭園を歩いた。元気いっぱいに走る子どもたちが二人を追い抜いていく。

「ルイスさんのおかげで、お二人が納得のいく別れになって良かったと思います」

「俺は何も。考えたのはきみだし、力を貸してくれたのは精霊たちだ。精霊たちはずっと身近な存在だけど、……ああいう別れは、俺には考え付きもしなかったな」

「いつもルイスさんの側にいる精霊が綺麗だったので」

見ている側からしたら、メリーの魂が浄化されていくようだっただろう。

「大切な人には安らかに旅立って欲しいと思いますもの」

これでメリーの魂も、ドリーの傷ついた心も救えていたら嬉しいのだが。

「きみは、人の気持ちがよくわかるんだな」

ルイスに感心したように言われるが、苦笑する。

「いいえ、わたしは臆病《おくびょう》なだけですよ」

「臆病？」

「人に嫌われたくないから、人の顔色を窺《うかが》うのが上手になっただけです。はじめはおじいさまやホテルの皆に嫌われたくなくて必死でした。でも、段々『嫌われたくない』か

ら『好かれたい』に変わっていったんです。みんなの良いところを知りたいし、仲良く

したい、って」

ルイスに必要なのは「愛がどういうものなのか」を知ることじゃなくて……。

「ルイスさんは、人にあんまり興味がないですか?」

「……そんなことないよ。人の営みには興味がある。愛情というのは家族を築くにあた

って必要なものだろう?」

「ルイスさんは結婚がしたいのですか?」

「…………」

ルイスは口ごもる。

愛が知りたいというわりには、ルイスには誰かと親密になりたいという様子が見受け

られないのだ。世間から隔絶された暮らしをしていたルイスは赤ちゃんみたいなもので、

愛が何かと教えてもただただ上滑りしていくだけのような気がする。

「えっと、わたし思うんですが、ルイスさんはまず友人を作ることからスタートしては

いかがでしょうか」

「友人?」

「はい。わたしはこれから、霊が見えるコンシェルジュとして頑張っていこうと思いま

す。だから、ルイスさんも時々で良いので力を貸してください。一緒に誰かのために頑

張って、その先にルイスさんが『愛』を見つけられるお手伝いができたら嬉しいです。

せっかく、おじいさまが繋《つな》いでくれた縁なんですから」

オリビアは握手を求めるように手を差し出した。

「……きみと一緒にいれば、俺も誰かを愛せそうな気がする」

頼りなく、儚《はかな》げな笑みを見せるルイスは、オリビアの手を握った。

「きみが誰かのために頑張る姿は好ましいし、俺にはないものだと思う。きみの助けになれるなら、俺も嬉しい」

「良かったです」

骨ばった手を握って微笑み合う。少しだけわかり合えたような気がしてほっとした。

ゲーム終了間際の合図が聞こえたオリビアたちは、周囲の巡回に戻った。

――どこからか子どもの泣き声が聞こえる。

『あっちで小さなレディが泣いているよ』

どこからともなく姿を現したナサニエルに耳打ちされた。いきなり現れないで、と言おうとしたが、ナサニエルはすぐに消えてしまった。

教えられたからには無視はできない。

小径《こみち》を抜けた先の人工池に向かうと女の子が泣いていた。

この辺りは宝探しの範囲外のはずなのだが、夢中になるあまり入り込んできてしまったらしい。白い帽子が池に浮かんでいる。

オリビアは小走りで女の子に近寄った。

「大丈夫？」

「うん。でも、あたしの帽子がぁ……」

風に飛ばされて落ちてしまったらしい。周囲に助けを求められる人がいなくて困っていたようだ。

「ちょっと待っていてね、すぐにとってあげる」

オリビアは近くの花壇に走った。

池に物を落とす宿泊客が少なからずいるので、花壇の裏にはすくい網を置いているのだ。網を持って、池に浮かぶ飛び石を歩く。

「オリビア、気をつけて」

追いついたルイスに声を掛けられたが、オリビアはへっちゃらだ。

「大丈夫ですよ。慣れていますから」

ちょいちょいと帽子のツバを引っ掻《か》けて引き寄せ、器用に網ですくった。真新しそうな帽子なので、この旅行のために買ってもらったものなのかもしれない。

「ありがとう、お姉ちゃん！」

「でも濡《ぬ》れちゃってるから被《かぶ》れないね。良かったら、お洗濯してから返そうか？」

「……きれいになる？」

「なりますよ。大丈夫」

「良かったぁ……」

乾かしてから部屋に届けると言うと、女の子は泣き止み、ほっとした様子で駆けていった。ここの水はそこまで汚れていないし、藻も少ない。洗えばちゃんときれいになるだろう。

オリビアから網を預かったルイスは感心していた。

「おお、こんな便利なものが隠してあったんだな」

「年に数回、物を落とされるお客様はいらっしゃるんですよねぇ。お財布とか鍵《かぎ》とか」

「あの花も？」

池の底には白っぽい塊が沈んでいた。ピンクのリボンがくっついているので、天然の花ではなく人の手が加わったものだとわかる。

「誰かのコサージュかしら。取れなくて諦《あきら》めちゃったのかもしれませんね」

沈めたままにしておけないので、オリビアは再びすくい網を手に取り、飛び石に足をかけた。水面《みなも》にさざ波が立つ。よいしょ、と手を伸ばしたオリビアだったが、ざばっという水音が聞こえたと同時に身体が傾いた。

何か、物凄《ものすご》い力が足首にかかったのだ。

見ると、水面から出た手がオリビアの右足首を掴《つか》んでいる。

「きゃあっ！」

「オリビア！」

慌ててルイスがオリビアの腕を掴んでくれたが、勢い余って二人は地面に倒れ込んだ。

急いで体を起こすと、水面から飛び出した手はすでに消えていた。

波紋が池に広がっている。ゆらゆらと激しく波打つ水面が、たった今何事かが起こったことを証明していた。

「い、今、何かが……いましたよね!?」

足首を掴まれた生々しい感触が残っている。黒いストッキングや靴も濡れていた。

「待って、俺が確認する」

オリビアを制したルイスが、慎重に池を覗《のぞ》き込んだ。

「な、なんだったんですか？　妖精《ようせい》？　悪霊？」

「…………」

「ルイスさん？」

立ち上がると、水の中に何か緑青色の――髪の毛のようなものが波打っているように見えた。しかし、見間違いか、すぐに視界から消えた。が、ルイスの顔を見てぎょっとする。彼の表情はこれまで見たことがないほど硬く強張《こわば》っていた。

「ルイス、さん？」

「あ、ああ……。なんだったんだろうな。えっと、怪我はないか？」

「は、はい。大丈夫です。今のは妖精ですか？」

「ああ。あれは――」言いかけたがルイスは口を噤《つぐ》んだ。「いや、とにかく戻ろうか。

きみは仕事もあるだろう?」

「え? あ、はい……」

なぜかルイスは言及したくなさそうだ。

(妖精、よね?)

いつもなら淀《よど》みなく説明してくれるルイスにしては珍しい態度だ。彼は池の中になにを見たのだろうか。

『ゲーム終了です。皆様、お疲れさまでした。見つけた宝箱をお持ちになり、中庭までお戻りください』

拡声器で呼びかけるハワードの声が聞こえた。従業員たちもそれぞれ中庭に戻るように声を掛けている。

「おおい、オリビア~!」

従業員の一人に呼ばれた。オリビアは残った宝箱の回収係だ。ルイスを振り返ると
「先に行っていいよ」と言われたので、走り出す。

「……帰らないと」

ルイスの呟《つぶや》くような声が聞こえた。

帰らなくちゃ、スタート地点へ。

――そういう意味、ですよね？

後ろを振り返ると、ルイスは険しい顔をして池の方を見つめていた。

四章　アスレイの夜

古城ホテルの食事はいつもおいしい。

夕方に食堂に向かったルイスは、今日の献立に心を躍らせる。

じっくり焼かれた鶏肉《とりにく》はハーブの香りがなんとも爽《さわ》やかだ。

ルイスも料理はできるが、自分ではこんなにおいしく作れたことはない。生まれ変わったら料理人になりたいくらいだ。食べる専門の。

「おや……、こんばんは。ラインフェルト様」

「ハワード殿」

珍しい人物に会った。支配人のハワードだ。

夕食の時間にはまだ早かったせいか、食堂は空《す》いている。いつもはオリビアに同行するが、今日はルイス一人だ。

従業員には「休日」があるらしい。そのため、オリビアからは今日一日休んでいいと言われた。

オリビアが仕事中なのに、自分だけ休むなんて。

そう言うと、「疲れているんじゃないですか？」と心配されたのだ。「ハロウィンだからって、こき使……、いえ、たくさん雑用を手伝わされていますし、最近、ちょくちょくぼうっとしていますよね。良かったら、今日はゆっくり休んでください」と。オリビアは休まないのかと聞くと、ハロウィンシーズンが終わり、閑散期になってから、皆と交代で休みをとるのだと言った。

「今日は……、ああ、お休みをとられていたのですね」

「ああ。この城に来て、初めてハロウィンというものを経験させてもらったよ。とても忙しいんだな」

「ラインフェルト様にお手伝いいただけて感謝していますよ。あまりお構いできずに申し訳ありません。ヴォート城の生活はいかがでしょうか？」

「快適だよ。ずっと居たいくらいだ。だけど、そろそろお暇《いとま》させてもらおうと思っている」

「おや」

ハワードは意外そうに片眉《かたまゆ》を上げた。

「もうお帰りになるのですか？　愛とやらはお分かりになったのでしょうか」

こちらを窺《うかが》うような顔をされる。

ハワードに妻はいない、とオリビアから聞いていた。彼もまた、『仕事が恋人』なのだろうか。それとも、秘めた相手がいたりするのだろうか。いたとしても、彼の肩越しに『うふ……今日も素敵ね……』とじっとりした目つきでこちらを見つめている令嬢ではないだろう。

「どうだろう。明確な答えが出たわけじゃないけれど、ここに来て良かったなと思っているよ。俺はずっと師匠と二人で暮らしていたけど、その師匠もいなくなって、あのまま一人でいたら知らなかったことをたくさん知ることができたと思う」

妻のために花束をプレゼントしたいという夫もいれば、コンシェルジュにたくさんのことを要求してくる男性客もいた。

個性豊かな幽霊や妖精たち。老姉妹の別れ。数日滞在しては帰っていく客たち。

オリビアは彼らのために奔走し、一喜一憂し、最後は気持ちよくお客様を送り出す。

――ルイスが知っている、ジョージの手紙の中のオリビアは、霊に怯《おび》えている女の子だった。だけど、そうではなかった。オリビアの周囲にはいろんな人がいた。

その輪の中にルイスも入っていけたら、とても楽しいだろう。

しかし、残念ながらここはルイスの居場所ではない。

「色々と無理を言ってしまってすまなかったな。世話になった」

「こちらこそ、うちのオリビアがお世話になったようで。どうもありがとうございました」

互いに謝辞を言い合い、ルイスは懐から包みを出した。

「大したものではないが、これは礼として受け取って欲しい」

「なんでしょう？」

ハワードは興味深そうな顔をして受け取る。

中身は木片だ。

それをまじまじと見て、ますます興味深そうな顔をする。

「ラインフェルト様、こちらは？」

「それはパロサントという香木で、邪気払いに効果があるんだ。焚《た》けばもちろん、置いておくだけでも効果はある」

「はあ」

「もしも霊害に困っているのなら、この香木を部屋に置いておくといい」

戸惑いぎみな表情を浮かべたハワードの肩が、ルイスの気のせいでなければぴくりと反応したように見える。

しかし、すぐに彼はいつも通りの穏やかな笑顔を作り、木片を丁寧に包み直してポケットにしまった。

「はて、なんのことかわかりませんが……、大変貴重なもののようですし、ありがたく受け取らせていただきます」

「うん、それがいいよ」

多分、この人は見えているような気がする。

このホテルに来たばかりの頃のルイスなら容赦なくそう指摘しただろうが、恐らく彼も「霊が見えていると気づかれたくない人」なのだ。オリビアすらそのことに気が付いていないのだから、相当周囲に気を配って耐え忍んでいる頑固者だ。

時間があったら、ハワードともじっくり話してみたかった、と思う。

名残惜しいが、ルイスは帰らなくてはならない。

◇

「えっ？　帰るんですか？」

休みをとってはどうかとルイスに勧めたオリビアだが、その翌日に彼は帰ると言い出した。既にホテルの制服も脱いでおり、私服だ。ハワードに挨拶《あいさつ》をして、制服も先ほど返してきたのだと言う。

てっきり、当初の予定通りハロウィンが終わるまで……、もっと言うと、なんだかんだ理由をつけて居座り続けるんじゃないかと思っていたオリビアは驚いた。

「ああ。ずいぶん長い間お世話になってしまったし。いい加減に帰らないと。……ほら、家がどうなっているかも心配だしな」

「まあ……、確かにおっしゃるとおりですが……」

森の中にぽつんと建っているのなら、空き巣に入られないかと心配だろう。そもそも人が来ないような場所だろうけれど。いや、人じゃなくて妖精《ようせい》が悪さをしていないかということ？

　何にせよ、唐突だ。

「愛についてはもういいんですか？」

「うん」

　ルイスは頷《うなず》く。

「愛にはいろいろな形があるんだな。俺は『誰かを愛すること』というのは、もっと難しいことだと思っていた。自分を裏切った恋人を祟《たた》り続けるとか、自分の命と引き換えにしてまで守りたいとか、いなくなったから寂しくて死んでしまいたいとか、そういう重くて特別なものだと思っていた」

「重いですね」

　だから、妻へ花束をプレゼントする夫の姿を見てもピンと来ていなかったのか。

「それくらい難しいことだと思っていたんだよ。でも、誰かを大切に思う心が愛なんだね。きみや、お客さん、霊から学ぶことができたよ」

「……そうですか」

　そういう答えを導き出したらしい。

　このホテルに滞在して、ルイスに何か得るものがあったのなら良かったと思う。

「でも、帰るって……。まさか、今日このまま帰るんですか？」

「うん」

「そんな急に……。どうしてもっと早く言ってくれなかったんですか」

ここはコンシェルジュデスクだ。

今からチェックアウトのお客様のお見送りで忙しい時間なので、ゆっくり別れを惜しむこともできないではないか。

淡く笑ったルイスは、オリビアに手紙を差し出した。

「これをきみにあげよう」

「拝見しても？」

「どうぞ」

ホテル備え付けの便箋《びんせん》が複数枚、分厚く折りたたまれている。

中身は、「デュラハン：攻撃をしてくる霊なので、金属を投げつけて逃げること」、「ケット・シー：立ち居振る舞いは紳士的だが、口が上手《うま》いので気を付けて。猫扱いを嫌《おぼ》う」など、オリビアが見た妖精や、知らない妖精の名前まで、おおよそ危険があると思しきものたちのリストだった。

「急いでまとめたものだが、役に立ててくれ」

「もらっていいんですか？」

オリビアが知りたかったことばかりだ。

これを覚えておけば、よくわからない怖い目に遭うことも半減しそうな気がする。

「うん。立派なコンシェルジュになってくれ。では、世話になったな」

本当の本当に帰ってしまうようだ。

オリビアは門まで見送るつもりでいたのだが、間の悪いことに宿泊客が駆け込んできた。庭園に落とし物をしてしまったらしい。

ルイスは、客に応対するオリビアに片手を上げて去って行く。なんていうあっさりとした別れなんだろう。

こうして、風変わりな精霊師は古城ホテルでの滞在を終えて帰っていった。

オリビアにとっての不思議な経験として思い出に残る秋は幕を閉じたのだった。

(──とはならないわね)

お客様から、夕食についての相談をうけながら、オリビアは釈然としない気持ちでモヤモヤとし続けていた。

オリビアには日常が戻った。

変わったことと言えば、どこからか入って来た精霊がふわりとフロントを漂って消える様をなんとなく目で追ってしまったり、視界の端にエスメラルダ三世がいても驚くことはなくなったり。

（ルイスさんはもう家に着いたのかしら）

ミルクウィズの森に一番近い駅までは鉄道で半日、最寄りの町まではバスで、そこから森の奥まではおそらく歩きか。早く見積もっても一日、二日はかかる距離だ。ルイスは路線や時刻表に疎そうだから、もっと時間がかかっているかもしれない。お客様への案内用の地図を見ながら、溜息《ためいき》が零《こぼ》れる。

そもそもルイスはどうして慌ただしく帰っていってしまったのだろう。

思い付きで行動しているような人なので、急に放置してある家が心配になったというのはありえる。ミルクウィズの森は雪も深そうだし、本格的な冬ごもりに向けての準備が必要だったから、とか。

だが、なんとなく様子がおかしくなったように見えたのは、オリビアが池に落ちそうになってからのように思える。あのあと、なにか恐ろしいものでも住んでいたり？と恐る恐る池を覗《のぞ》いてみたが、特に変わったものや、恐ろしげな妖精などは見当たらなかった。

お客様を見送り、また溜息をついてしまう。

『精霊師殿がいなくて寂しいのかい？恋煩いみたいな溜息をつくじゃないか』

どこからともなく現れたナサニエルに茶化された。

恋煩い？

「まさか、違うわよ」

なんでもかんでも恋愛事に結び付けないで欲しい。

オリビアのこの気持ちは、ホテルマンとしての……、もしくは友人としての心配だ。

——いい加減に帰らないと。

まるで、帰りたくないが渋々帰らねばならないような言い方だった。ルイスにしては
かなり珍しい言い回しだったのだ。

（また遊びに来てくれるわよね。なんだか、今生の別れのように思えてしまったけれど
……）

なんとなく、そう思えるような去り方だった。ただのオリビアの杞憂《きゆう》なら良いのだが。

「お嬢、今度の休み、合わせないか？」

フロント係のトニーに声をかけられ、オリビアははてと首を傾げる。

「今度の休み？　いいけど、どうして？」

「どこか一緒に息抜きに出かけないか。ホリデーシーズンが始まったらまた忙しくなる
だろうしさ」

「あ、うん。いいわよ。メアリも誘う？」

トニーは気まずそうな顔をしている。

「いや、たまには二人でどうだ？　嫌だったら断ってくれていいんだけど」

「別に嫌じゃないわよ」

せっかく誘ってくれたのだ。オリビアだってどこかに出かけたい。

トニーはわずかにほっとしたように表情を緩めた後、「じゃあハワードさんにも言っておくから、休暇申請出しておけよ」と何食わぬ顔で言って去って行く。

トニーと二人か。なんだかデートみたいだ。

トニーは兄のような存在だが、男性と二人きりで出かけるなんて初めてかもしれない。

なんだか気恥ずかしかった。でも、オリビアだって十八歳だ。異性と出かけることがあったってなんらおかしくはない。

しかし、ルイスのことは気がかりで仕方がない。

貴重な休みを使うのなら、遊びに行くよりもルイスの様子を見に行った方がいいんじゃないのか。一人で暮らしていると言っていたし、色々と心配だし……。

休暇申請書を出すと、ハワードはあっさり許可をくれた。

「休暇ですか。どうぞどうぞ。あなたは働きすぎですので、二日でも三日でもとって下さって構いませんよ」

予定は十一月の頭、トニーと同じ日で、行き先はヴォート城近郊としてある。

万が一の時に連絡がつかなくなっては困るため、おおまかに行き先を書くことになっているのだ。

「トニーと息抜きに行くのでしょう？　彼から聞きましたよ」

「あ、ええ。でも、コンシェルジュとフロントが一緒に休むなんて、やっぱり迷惑かしら……」

「別に問題ありませんよ。ヴェルナーがシフトに入ると言っていますし、十一月に入れば家族連れも減ります。むしろ、忙しくなるホリデーシーズンよりも前に休暇を消化しておいてくれた方が、こちらとしても助かります」

「……うん」

経験豊富なフロントマネージャーのヴェルナーがいるなら心配はなさそうだ。

悩ましいと思いながらも、申請書は何事もなく受理されてしまった。

ふと、嗅《か》ぎなれない香りがオリビアの鼻を掠《かす》めた。お香のような不思議な香りだ。

「ハワード、香水でもつけている？」

「香水？　いいえ？　ああ、もしかしたらこれの匂いではありませんか？」

ハワードはデスクの上の灰皿を示す。煙草を吸わないハワードが灰皿を置いているなんて珍しい。中には小さな木片が置かれていた。

「邪気払いの香木だそうです。ラインフェルト様がお帰りの際にくださったんですよ」

「へえー」

そういえば、ハワードの周囲に必ず一人二人いたはずの霊の気配を感じない。

「ラインフェルト様と言えば、『精霊の間』に忘れ物があったようで」

「忘れ物？」

「清掃係が届けてくれたので、私が保管させていただいていました」

ハワードが紙の束を差し出した。

丁寧に紐《ひも》でまとめられた手紙の束だ。白い封筒は色褪《いろあ》せて変色していたり、雨にでも濡《ぬ》れたのか、縒《よ》れて膨らんでいるものもある。

オリビアは手紙とハワードの顔を見比べた。

「……わたしが見ても？」

「ええ。あなたに預けるのが相応《ふさわ》しいでしょうから」

手紙を受け取ったオリビアは紐を解《ほど》く。

一番上の封筒の中身は、ルイスがここに来た時に見せてくれたものだった。

『この鍵《かぎ》をきみに預ける。

我が古城ホテル最上階の客室の鍵だ、いつでも訪ねてきて欲しい。

そして、もしも私の身に何かあった時――身勝手な頼みだということは分かっているが、どうか、オリビアのことをよろしく頼みたい』

そう。だから、ルイスはオリビアの様子を見に来てくれて、デュラハンから守ってくれた。エスメラルダ三世が自分を守っていてくれたことも知ることができた。オリビアは次の封筒を開く。

『ふいに鼻をかすめる金木犀《きんもくせい》の香りにうっとりするような季節になりました。そちらはお元気ですか？

あれから月日は流れ、オリビアは十一歳になりました。未《いま》だにどこかを見て怯《おび》えるそぶりは見せるものの、表情は明るくなり、元気に暮らせているように思う。色々と考えたが、私はこのまま静かに彼女の成長を見守っていくつもりだ。もしもこの先、彼女が本当に悩み、困った時には共にあなたを頼りたいと思う。この世界のどこかにあの子の理解者がいてくれる。そう思えるだけで私も安心できているよ。いつぞやは突然の訪問だったにもかかわらず受け入れてくれてありがとう。よければ、私のホテルにも遊びに来てくれ。二人をもてなすよ』

これは鍵を預ける云々《うんぬん》よりも前の手紙らしい。一番古く、ぼろぼろになっている。

ルイスは堂々と居座っているように思えたが、そもそも祖父が「もてなす」と明記していたのか。予約もなしでふらりとやってきたことに納得した。

オリビアは次の封筒を開く。

『突然の春雷に転寝《うたたね》を起こされたような気持ちになりました。どうやら、郵便屋が回収を忘れていたらしく、とんでもない日付の手紙が届いたので驚いたところです。私からの手紙が何年も塩漬けにされないことを祈ります。あれから月日が経ったが、あなたは息災だろうか。ルイスもきっと大きくなったことだろうね。……』

うん？　とここで手が止まった。

表書きは『ミルクウィズの森に住まう、親愛なる精霊師殿へ』。これで届くのだから、ミルクウィズ近郊では森に精霊師が住んでいることは周知のことらしい。

オリビアは、祖父の指す「精霊師殿」はルイスのことだと思って読んでいた。

しかし、この手紙では「あなた」に対し、「ルイスは大きくなったことだろうね」と書かれている。

「ハワードはこれ、読んだの？」

「…………読みました」

ハワードは目を逸《そ》らして言う。「重要なお忘れ物でしたら困りますから」と言い訳のように言ったが、ホテルマンらしからぬ行動に後ろめたいところはあるらしい。

「ハワードは、おじいさまからルイスさんのことを、どんなふうに聞かされていたの？」

「残念ですが、私はラインフェルト様のことは何も聞かされていません」

「え？　だって、『精霊の間』の鍵を持つ人が来たら、もてなしてほしいって頼まれていたんでしょう？」

「ええ。そうです。ですから、『ラインフェルト様をもてなしてほしい』とは言われていません。……どうやら、先代の『友人』は彼の師匠のようですね」

「そうよね。まあ、普通に考えたら、おじいさまの年代的にもルイスさんのお師匠さんとやりとりしていたって考えるわよね？　どうしてルイスさんは正直に言わなかったのかしら……」

なぜ、自分がジョージ・クライスラーの友人だと偽《いつわ》ったのだろう。

「さあ。憶測ですが、正直に話すと、このホテルに宿泊できないと思ったのではありませんか？　先代が生きていれば歓迎したでしょうが、先代亡き今、『ジョージ殿の友人の弟子のルイスです』と名乗られても、私達に泊めてさしあげる義理はありませんから」

「それは……、そうね」

泊めたとしてもせいぜい一泊二泊だ。祖父の友人だと言うからもてなしたのであって、その弟子を長期間タダで滞在させてやる義理はない。

「それからこれも部屋に置いてあったそうです」

ハワードが引き出しから取り出したのは、古めかしい真鍮《しんちゆう》製の鍵だった。どこの鍵かなんて聞かなくてもわかる。『精霊の間』の鍵だ。

「ここにはもう来ないということ？」

「嘘をついていたので良心が咎《とが》めたのでしょうか？　あるいは、彼の師匠が亡くなったから返すということでは？」

「……………」

釈然としない。

彼は悪い人ではなかった。

オリビアを心配してくれたのも嘘じゃない。

愛について知りたがっていたのも出まかせではないだろう。

楽しそうにホテルに滞在していたことも間違いはなくて……。

——いい加減に帰らないと。

唐突に帰って行ってしまった理由はなんだろう。

考え込むオリビアをよそに、ハワードはその鍵を机の引き出しにしまった。

「あっ！」

「なんですか、お嬢様？」

「そ、その鍵、どうするの？」

ルイスが鍵を置いていき、彼の師匠も亡くなっているのなら、あの部屋はもはや誰のものでもない。

「しばらく考えます。客室にするにしても、利便性があまり良くないでしょうし。かといって、余らせておくのも勿体《もったい》ないですよね」

「…………」

ホテルの運営を考えたら、部屋は有効に使うべきなのだろうが……。

「でも、それ、ルイスさんが置いていったとは限らないわよね。忘れ物かもしれないわ」

「そうですね」

「通常の忘れ物であれば、こちらで保管の後、持ち主と連絡がとれない場合は廃棄することになっているわ。チェックインの時にそうサインいただくもの。でも、ルイスさんはその手続きをしていないわ」

　ルイスは特殊な事情での滞在のため、一般客と同じような手続きはすっ飛ばしている。

　ハワードは少し意地悪な顔をして笑った。

「……お嬢様は何が言いたいのでしょう？」

「……ごめんなさい。その鍵をルイスさんに返したいです」

　オリビアは頭を下げた。

　ハワードは鍵を取り出すと、オリビアに渡した。

「そう言うと思いましたよ。ついでに、ラインフェルト様を追いかけたいのでしょう？」

「えっ、……ええ……」

「では、行ってらっしゃい。この休暇申請書は、書き換えて構いませんね？」

　ハワードの言葉にびっくりした。

　彼は日付のところを、今日に書き換えてしまったのだ。

「今日⁉　い、今から、行っていいの？」

　今日は平日だから比較的落ち着いているが、オリビアがミルクウィズの森に着く頃には忙しい週末を迎えてしまうだろう。そんな最中《さなか》、休みを取るなんて……。

「言ったでしょう。あなたは働きすぎですので、二日でも三日でも休んでくださって構いませんよ、と」

「先代ならきっとそうしたでしょうから」

それを聞いたオリビアは首を振った。

「……ううん。おじいさまなら、仕事を休むなって言ったかもしれないわ」

「え？　それはないでしょう」

「じゃあ、わたしの気がすむまでルイスさんのところにいていいって言うかもね」

「ええ？　言いますかね、そんなこと……」

ハワードは首を傾げる。

「お嬢様は何がおっしゃりたいのでしょう」

「おじいさまがなんて言うかなんて、想像でしかないってことよ。だから、今、わたしに休暇の許可をくれたのは、ハワード自身の考えなの」

「私自身？」

「ハワード、おじいさまのホテルを守ってくれてありがとう。でも、今の支配人はあなたよ。おじいさまの考えに縛られる必要はないわ。わたしも、『おじいさまならこうしたのに！』なんてごねるような子どもじゃない」

「……私は、そんなつもりでは」

「ハワードはハワードの思う正しいことをしてね。おじいさまなら孫のわたしのすることをお目こぼししてくれるかもしれないけれど、今の支配人はあなたなんだから」

祖父の考えに縛られないで欲しい。全部が全部、祖父の考えの通りにしなくたっていいのだ。オリビアは休暇から戻ってきたら、罰せられることも覚悟している。

「行ってきます、支配人」

皆がハワードのことを「ハワードさん」と呼ぶ。

オリビアに対する遠慮もあっただろう。

何より、ハワード自身も「支配人」という言葉を、祖父だけを指すものとして捉《とら》えているように見えた。

祖父は、もういない。

そのことを受け止めて進んでいかないといけない。

「……私が一番、支配人の死を認められなかったのかもしれませんね」

オリビアがいなくなった部屋で、ハワードは小さく呟《つぶや》いた。

◇

「うむ、思ったよりも汚れているな」

約一か月ぶりに家に帰ってきたルイスは、部屋の中にうっすら積もったほこりを見て笑った。

ミルクウィズの森の奥深く、小川の近くに精霊師の庵《いおり》はある。

元は木こりが使っていた作業小屋らしい。木造で部屋は二部屋。来客の対応ができるささやかな居間と、奥には寝室として使っている部屋がある。

おそらく、途中までは家付き妖精《ようせい》が管理してくれていたのだろうが、あまりにも家主であるルイスが帰ってこないものだから、臍《へそ》を曲げていなくなってしまったらしい。

仕方がない。ルイスは荷物を置くと、水を汲《く》むために外へ出た。

裏手には畑があるのだが、こちらも残念な有様である。あちこちに動物の足跡があり、食べられるものは失敬していったらしい。乾物や缶詰、保存のきく常備野菜は多少はあったはずだが、それにしても帰りの道中で何か食べ物を仕入れてから帰って来るべきだった。既に日は暮れ始めているし、今から近隣の町に行くことも、猟のための罠《わな》を仕掛けることもできない。

古城ホテルにいた時は、毎日おいしい食事が朝昼晩と食べられたのに——ルイスの腹が虚《むな》しく鳴った。

「まあ、今日のところはあるもので何とかしなくてはな」

誰からの返事もない。

「うーん。寂しいな」

冗談のつもりだったが、誰もいない部屋は本当に寂しかった。ヴォート城に行く前まではこれが日常だったはずなのに、ひどく昔のことのように思える。

暗くなってきたのでランプに火を灯《とも》す。明日《あした》は——まずは買い出しに行かなくてはいけないし、そろそろ冷え込むから薪《まき》ストーブを出そう。ベッドを整え、冷えたシーツに疲れた身体を横たえる。

静かだ。

この静謐《せいひつ》なミルクウィズの森で、ルイスは師匠と暮らしてきた。

森にはたくさんの無垢《むく》な霊魂が集まる。彼らは鉄道やコンクリートやごみを嫌う。自給自足で慎ましく暮らすルイス達を彼らは気に入ってくれた。

三年ほど前に師匠は死んでしまったけれど、ルイスの暮らしは変わらなかった。

人はいつか死ぬものだから。

師匠はそう言っていた。

病気になってからも、「私の天命が来たということだよ」と微笑んで受け入れる人だった。ルイスが特別に悲しんだり、嘆いたりすることはない。「ありのままの変化を受け入れなさい」。ルイスはその教えを守り、師匠の最期の時まで穏やかに寄り添った。

師匠がいなくなってからも、年に数人、この庵に来る客はいた。

彼らはルイスと話すと、怒ったり、怯《おび》えたり、泣いたりした。感情豊かな人が多かったが、変化のない暮らしにはちょうど良い刺激だった。

「古城ホテルは……賑《にぎ》やかだったな」

あの場所はここととはまるで違った。

とにかく人の出入りが多くて、静けさとは程遠い。精霊の類《たぐい》もいるにはいるが、恨みや苦しみを抱えて死んだ死霊の多いこと。でもその俗っぽさが新鮮で、面白くもあった。

「オリビアは大丈夫だろうか。霊が嫌いだというのに、よくも逃げ出さずにあそこにいるものだよ」

でも彼女の側にはエスメラルダ三世もナサニエルもいる。

ハワードがいる限りは彼女の安全を守ってくれるだろう。

ルイスがいなくてもヴォート城は今日も変わらずに営業している。

元気に働き、賄いを食べ、お喋《しゃべ》りをして。

誰かが作ってくれた料理をみんなで食べるという行為は楽しいものだった。

師匠がいた時は食事作りは苦ではなかったが、一人になってからはどんどん手を抜くようになった。

静かだ。

静かに夜の帳《とばり》が下りて、静かに朝日は昇る。

目覚めたルイスが身体を起こすと、以前と変わらない朝がやってくる。

〝おはようございます、ルイスさん〟

食堂で誰かに声を掛けられる日はもう来ない。

ルイスはあのホテルにはいられない。そしてこの小屋にも、もう長くはいられないだろう。

そのとき、ゴツン、ゴツン、という荒々しいノックの音が響き、ルイスは身構えた。

しばらく留守にしていたのに、こんなにも早く精霊師に会いに来る人間がいるなんて。

ルイスの気分は紛れそうだったが、一方で不安にも思った。

――彼女が、迎えに来てしまったのでは？

この地からいなくなったルイスに腹を立てているのかもしれない。躊躇《ため ら》うちに、再びゴツンゴツンとノックされ、ルイスは覚悟を決めて扉を開けた。

そこにいたのは、ルイスにとって想定外の来訪者だった。

◇

ルイスはオリビアの訪問に面食らったらしい。

オバケでも見たかのような顔をされたので、オリビアの方が驚いてしまった。

「オリビア？」

「……おはようございます、ルイスさん」

「えっ、本当にオリビア？　しかもナサニエル君まで？」

『やあ、精霊師殿。すぐにボクの気配に気づくとはさすがだね』

オリビアの背後からひょっこり現れた霊は縦ロールをかき上げる。

『今日はボクがレディのナイト役なんだ』

「オリビアがナサニエル君に護衛を……。きみたちがそんなに仲良くなっていたなんて知らなかったよ」

「違いますっ。わたしははじめ、エスメラルダ三世に護衛をお願いしたんです」

いくらルイスに会いに行くためとはいえ、オリビアは一人で遠出などしたことがない。もしも道中、霊に絡まれたらと不安で、悪霊を追い払ってくれそうなエスメラルダ三世に同行をお願いしたのだが、この城からは出られないと断られてしまったのだ。

「エスメラルダ三世は地縛霊だからね。彼の魂はあの城に縛られているから」

『そこでボクの出番だよ！　浮遊霊だから、彼女にくっついてどこへでも行けるのさ！』

ナサニエルは誇らしげに高笑いをした後、姿を消した。

「仕事はどうしたの？」

「ハワードに一週間の休暇願を出したんです」

「一週間も休みを？　きみが!?」

そこまで驚かれるほど、わたしは仕事人間だっただろうか。

「忘れ物を届けにきたんです」

オリビアは上着のポケットから鍵《かぎ》を取り出した。

ルイスが置いていった『精霊の間』の鍵だ。

差し出すと、ルイスは気まずそうに「ああ、うん、あの、ありがとう」とはっきりしない返事をして、「立ち話もなんだから、良かったらどうぞ」とようやく扉を広く開けてくれた。

「よくここがわかったね？」

「近くの村の人に聞いてきたんです。まあ、皆様、『行けばわかる』としかおっしゃらなかったんですけど」

軽口を交わしながらお邪魔させてもらう。

中はオリビアが想像していた通りの「精霊師の家」だった。

難しそうな古い本が棚に並べられていて、水晶や石ころ、木片などが雑然と置かれている。奥の部屋は寝室だろうか。

そこまでは予想の範疇《はんちゅう》だが、部屋の中央にあるテーブルには缶切りと缶詰があった。

今から食事をするつもりだったのかもしれない。

部屋の中は幽霊や精霊でいっぱいなのかと思ったが、そういうわけでもない。

(これが、ルイスさんの生活？)

ミルクウィズの森の中に建つ、木造の小屋。

裏庭には畑があったが、一か月も放置していたせいか、野生動物に荒らされ、枯れてしまった畑は無惨だった。

静かな場所といえばその通りだが、落ち着くというよりも寂しい場所という方がしっくりくる。自然に囲まれて慎ましやかに暮らしているという域を超え、世間から離れて暮らす世捨て人のようだ。

「お茶を今切らしていて……、水しか出せないんだが」

困ったな、とルイスがごそごそやりだす。出されたティーカップに水を注《つ》がれた。

「お構いなく」

「いやいや。こんな遠いところまで来てもらったんだから、……ええと、どこかに貰《もら》い物の菓子があったような気が……」

ここに来る道中、道を尋ねた人たちは口々に『アンタも何かにとり憑《つ》かれてんのかい？』と胡乱《うろん》な目を向けてきた。

『なんだ、違うのか。こんな辺鄙《へんぴ》な場所に来るなんて、殺されるだの、祟《たた》られるだの、切羽詰まったような奴ばっかりだから』

『あそこに住んでいるお師匠さんも人間離れしていたが、お弟子さんも神様の使いみたいに綺麗《きれい》でねえ』

『若《わけ》ぇ娘が、あげな陰気な森になんの用ね。思いつめて首を吊《つ》るような真似はせんとくれや』

ルイスの暮らしが異質だということがよくわかった。

オリビアは、「これは食べられるか……？」と保存用のピクルスらしきものの瓶を掲げるルイスに「戻ってきませんか？」と言ってしまった。「なんでこんなところに住んでいるんですか？」とも。

「……なんでって、ここが俺の家だからだけど」

「ここは寂しすぎます」

オリビアが訪ねてきて真っ先に思ったのは、ルイスの深い深い孤独が感じられる家だということだ。

ここは空っぽだ。

こんな世界から取り残されたような家にぽつんと住んでいるなんて。

神の使いみたいだと言う人がいたけれど、オリビアが知っているルイスは、霊たちにぺらぺら喋りかけ、従業員用の食事をおいしいおいしいとおかわりし、楽しそうに庭仕事に従事するような人だ。

こんなところで寂しく暮らすくらいなら、ハワードに頼んで雇ってもらえばいい。仕事ならいくらでもある。オリビアがコンシェルジュの仕事を教えてもいいし、庭師たちも喜ぶかもしれない。住み込み従業員が一人増えるくらいたいしたことではないのだ。

「心配してくれてありがとう。でもね、俺はこの生活を変える気はないんだ」

ルイスは隅にあった書き物机の引き出しの中身を持ってきた。

「きみが来たのは、この件かな？」

それは、オリビアも見覚えのある便箋《びんせん》だった。

『親愛なる精霊師ゴドウィンよ。達者で暮らしているだろうか？

そちらは雪が深いと聞いているが、寒さで凍えていやしないか。

きみたち二人の健康が心配だ。私も最近年なのか体の衰えを感じ始めてきたよ。

いつ天に召されてもおかしくはないから、身辺整理を始めることにしたんだ。

そこで、』

オリビアは自分の鞄《かばん》から、ルイスが置いていった手紙を取り出した。

予想通り、取り出した一枚とぴたりと合う。

前半部分と後半部分は二つに切り分けられていたのだ。


『この鍵をきみに預ける。

我が古城ホテル最上階の客室の鍵だ、いつでも訪ねてきて欲しい。

そして、もしも私の身に何かあった時——身勝手な頼みだということは分かっているが、どうか、オリビアのことをよろしく頼みたい』

「俺はずっと嘘をついていた。きみの祖父であるジョージ・クライスラー氏が孫娘を託したのは俺じゃない。師匠だよ。そのことがわかる前半部分を隠して会いに行ったんだ」

「どうしてこんなことをしたんですか？　普通に会いに来たらよかったじゃないですか」

「……目的もないのに会いに行ったら、変じゃない？　『ジョージ殿の友人のゴドウィンの弟子です』と訪ねて行ったら、どう？」

「どうって、別に変じゃないですよ。確かにおじいさまが鍵をあげた相手はルイスさんではなかったかもしれませんが、ルイスさんが持っていてくださったっていいんですよ」

「受け取れない」

「どうして？」

「俺には将来を誓った相手がいて、そのひとの元に行かなくてはいけないんだ」

頑《かたく》なに固辞するルイスの言い分にきょとんとする。

「将来を誓った相手、って……」

訊《たず》ねようとしたオリビアは、ティーカップの中の波紋に気が付いた。

ぴちょん、と水滴が落ちたようにカップの水が波打つ。

『おかえり、ルイス』

「……え？」

女の声だ。

誰だと戸惑うオリビアの前で、ティーカップの中にまた水滴が落ちる。

『おかえり、ルイス。今宵《こよい》は満月。さあ、そろそろ約束を果たしてもらうよ』

ルイスの顔は強張《こわば》っていた。

ぴちょん。

三度めの水滴が落ちる。

次の瞬間、部屋の中に美しい女が舞い降りた。

しっとり長い緑青色の髪に、身体に張り付くような薄絹をまとった美女。

女は堂々とした態度でルイスの頭を抱いた。

頭が真っ白になるオリビアの目は、女の手指の間にある水かきをとらえる。

「よ、妖精《ようせい》……」

『妾《わらわ》はアスレイ。湖に住む妖精だ』

美女はオリビアに向かって嫣然《えんぜん》と微笑んだ。

『この者の肉体と魂は妾の物。帰るがいい、小娘』

「え、あの……」

ルイスは観念したような声を出した。

「……オリビア、俺は彼女と添い遂げる約束をしているんだ。彼女たちの住む湖の世界に行き、彼女を愛することになっている」

愛。

愛を教えて欲しいというルイスの頼み事にようやく合点がいった気がした。

「そ、そんな。じゃあ、その人……いえ、妖精と夫婦になるんですか？　湖の世界ってどこのことなんですか？　そこに行ってしまうの？」

そもそも、ルイスは彼女のことを愛しているのか。

愛することになっている、って。愛しているから一緒に暮らすんじゃないの？

「俺は子どもの頃、彼女に命を助けられ、その見返りに愛を与えることになっている」

「見返りって」

「妖精との約束は違《たが》えることができないんだ」

ルイスはケット・シーと会った時に妖精と約束をしてはいけないと言っていた。

それは、ルイスの実体験によるものだからなのか。

『さあ、ルイス。もうよいな？』

ティーカップの中の水がこぽこぽと湧くと、まるで間欠泉のように勢いよく噴出した。

「きゃあっ！」

冷たい水を浴びせられたオリビアは顔を庇《かば》う。小さなカップの中に入っていた量とは思えないほどの水がかかり、服がずぶ濡れになった。

目を開けると、ルイスと美女の姿は消えている。

「ルイスさん!?」

湖の世界に連れ去られてしまったのか。

慌てるオリビアの背後で『ジゼル』と呻《うめ》き声が上がった。いつの間にか姿を現していたナサニエルだ。

「ナ、ナサニエル。これってどういうことだと思う？　ルイスさんはアスレイっていう湖の妖精と結婚させられるってこと!?」

しかしナサニエルは、消えた二人のいた場所を見つめてぼうっとしている。アスレイの迫力に圧倒されたのかと思い、「ちょっと、ナサニエル。聞いてる？」と強めに返事を促すと……。

『……ジゼルだ』

「え？」

『さっきのはジゼルだ。なぜ？』

ナサニエルは驚愕《きょうがく》の表情で震えていた。

「ジゼルって、誰だっけ……。あっ、あなたが駆け落ちしようとした人？」

会ったその日にナサニエルと恋に落ちたという奇特な人だ。

ナサニエルが強盗に襲われたせいで、結局は結ばれなかった相手。

「でも、あなたが死んだのってずっと昔の話でしょ。似ているってこと？」

『似ているも何も、ジゼル本人だよ！　ボクが彼女を見間違えるはずがない』

「……彼女は湖に住む妖精だって言っていたけど……」

『妖精？　そんな馬鹿な！　ジゼルは良家の子女として我が家のパーティーに招かれていた。招待されるべきそれなりの家柄の娘だ。人じゃなかったなんて、そんなことがあるわけが……、しかし、ボクはあの夜会まで、あんな令嬢がいると聞いたことはなかったし……、妖精がパーティーにまぎれこんでいたというのか？』

ナサニエルは混乱し、頭を抱えている。

「とにかく、二人を捜しましょう。湖の妖精ってことは、湖に行けばいいのかしら」

ミルクウィズの森の奥には湖がある。

来るときに地図で見たが、森と同様に滅多に人が立ち入らない場所らしい。

オリビアは家を飛び出した。しかし、ここでもまた奇妙なことが起きた。

「どうして夜になっているの！」

先ほどまで東にあった太陽は沈んでいる。

昼と夜が逆転し、あたりは真っ暗だ。

「ねえ、ナサニエル……」

後ろを振り返ったオリビアだったが、そこには何もなかった。

建物など何もなく、踏み固められた道が真っ直ぐに続いている。木に目印として結ばれている白いリボンには見覚えがあった。ここは、ミルクウィズの森の入り口だ。

「なっ、ナサニエル！　いないの？」

返事はない。

オリビアは仕方なくルイスの家に戻ろうとした。

アスレイの嫌がらせだかなんだかわからないが、オリビアだけが森の入り口に戻され、ナサニエルはあの家にいるのかもしれないと考えたのだ。

踏み固められた道を行けばルイスの家に辿《たど》り着けるはずだ。

だが、森の中は真っ暗。今、唯一の味方ともいえるナサニエルの姿もない。

オリビアは唾《つば》を呑《の》む。

(怖い)

こんなところで何をしているんだろう。

そんな考えが足を竦《すく》ませる。濡れた身体を両腕で抱いた。

真っ暗な森で迷子になったらどうするつもりだ。野生動物が出るかも。あるいはデュラハンのような凶悪な妖精がいるかもしれない。引き返せば、村には辿り着けるのだ。

(妖精との約束は違えられない、って言っていたわ)

じゃあ、もうどうしようもないのか。

ルイスが嫌だと言ったって、連れ去られてしまったらどうしようもないのではないの?

(でも、このまま知らんぷりなんてできない……)

ハロウィンパーティーでオリビアが池に足を取られた時、ルイスは何かを見た。何か。きっと、アスレイの姿だ。

珍しく、強張っていたルイスの表情を思い出し、オリビアは自分を鼓舞する。

進もう。

足を踏み出したオリビアの前に何者かが立ちはだかった。

「ひっ」

馬に跨《また》がる首無し騎士。デュラハンだ。

片手に頭部を抱え、静かにこちらを見る姿は不気味だ。じりっと後ずさる。

——自分の姿を見られることを嫌っていて、見た人の魂を奪う。

——頭からバケツ一杯の血を浴びせて視界を奪い、手にした鞭《むち》で目を潰《つぶ》してくるんだ。

オリビアはすかさずポケットに手を入れ、いつぞやルイスに貰《もら》った金貨を投げつけた。効果はてきめんでデュラハンは逃げていく。

「ふっ、二度も同じ目にあったりはしないわ」

足は震えていたが、虚勢を張ってやった。

しかし、金貨はもうない。森の中に転がっていってしまったし、手荷物はすべてルイスの家に置いてきてしまっている。

森の中に、息を潜めるオリビアを見ている視線を感じた。

無力な人間の小娘をどう襲ってやろうかと考えているような視線だ。

——怯《ひる》むな。

オリビアは反対のポケットに手を突っ込み、持ってきていたコンシェルジュバッジを掲げた。金ぴかに輝くバッジは、毎日丁寧に拭《ふ》いて手入れをしている。

これはオリビアの矜持《きょうじ》。

お客様のために頑張る自分は、誰よりも強いのだ。

オリビアは胸にバッジをつけた。森の中を進むと、暗闇の中、光を纏《まと》った精霊たちが木の幹に止まっている場所があった。

ルイスは精霊たちに好かれているようだったことを思い出す。オリビアは勇気を出して話しかけてみた。

「お願い。わたしをルイスさんのところに案内してくれない？　あっ」

オリビアの声に精霊たちは逃げていった。

（嫌われてしまったみたい）

メリーを見送る時には協力してくれたが、あれはルイスがいたからで、今さら「存在を無視してきた霊的なモノ」に助けてもらおうなんて虫がいい話なのかもしれない。

「……？」

悲しむオリビアだったが、離れていった光の精霊は、木立の中で止まっていた。

そして、オリビアが近づいた分だけ離れる。

「もしかして、案内してくれている……？」

こちらが近づくと、光の精霊は先導するように前を飛んでいく。

精霊が確実にルイスの元に連れて行ってくれる保証などない。しかし、今は、ルイスのことを好いていた彼らを頼る他はない。オリビアは心を込めて「ありがとう」と言った。精霊たちは何も語らず、ただ黙々とオリビアの前を飛んでいく。

◇

光の精霊は、ルイスと湖に住む女の妖精の出会いを知っていた。

『童《わらわ》よ、助けてやろうか？』

ルイスがどこをどう歩いてきたのかわからない。

ぼろぼろのひどい有様でミルクウィズの森を彷徨《さまよ》い、空腹と疲労で倒れていたところを見つけられたのだ。

「お前は誰だ」

『妾《わらわ》はアスレイ。この湖の女主人だ』

女はルイスをツンと指先でつつく。

すると不思議なことにルイスの身体に活力がみなぎったようだった。アスレイはにんまりと笑っている。

『どうじゃ、動けるだろう。妾の魔力でそなたの身体を癒《いや》してやった。だから童よ、見返りはいただくぞ』

「助けてくれなんて頼んでない」

『すぐに断らなかったお前が悪い。――妾が欲しいのは愛だ。そなた、妾に愛を捧《ささ》げよ』

「愛？」

子どものルイスはきょとんとしていた。

「愛ってなんだ？」

『幼子のお前には妾の魅力が分からんのか？　五十番目の夫など、妾と結ばれるために自ら湖に飛び込んできたのだぞ』

女はうっとりした顔で自分の身体を抱いた。

『人間の男は情熱的だ。妾のために跪《ひざまず》き、妾を美しいと称《たた》えて慈しんでくれる。惜しむらくはたかが数十年ですぐに死んでしまうことだが……。まあ、よい。妾を愛せぬなら、そなたの中にある愛された記憶を食べるくらいで許してやろう』

女はしゃがみ込むルイスに口づけた。

その途端、ルイスの中にあった記憶が消えてしまったようだった。

生まれてからの記憶、自分の名前、住んでいた場所、自分を――叩《たた》く人の姿や、石を投げる人の姿も、かけられた呪いの言葉も――何もかも。

唇を離した美女は『おえええ』とえずいた。

『なんじゃこれは。そなた、本当に愛を知らぬのだな』

「あなたは誰？」

『……。名もなき空っぽの童よ。そなたが愛を知る頃に迎えに行ってやろう』

「迎え？」

『そなたは今、妾によって助けられたのだ。そなたはその見返りに妾を愛さねばならん。妾の五十一番目の夫として、湖の世界に来るのだ。よいな、約束だぞ』

「やくそく……？」

美女の姿は消え、ルイスはその場に倒れた。

◇

「大丈夫か？」

目を覚ました時、ルイスはベッドの上にいた。

まだ若いのに白髪の男が側にいて、じっと目を瞑《つぶ》ったままで問いかけられた。

「あなたは誰？」

「私はこのミルクウィズの森に住む精霊師だ。きみが倒れていたから私の家へ連れて帰ってきたのだが、どこから来たのかわかるかい？」

「わからない」

ルイスは答えた。

森で美女と話したような気がするが、家や自分の名前といった記憶がない。

辛《つら》い思いや苦しい思いをした気もするが、すべて水に流されてしまったように空白だった。

そんなルイスの側に光の玉が寄り添う。

精霊だ。以前は、それらを疎ましく思っていたような気もするが――

「綺麗《きれい》だなあ」

ルイスは喜んで精霊たちと戯れた。

「これは、あなたの友達？」

精霊師は目を瞠《みは》った。そして笑った。

「そう。私の友達だ。彼らは綺麗なものが好きなんだよ」

「綺麗なもの？」

「朝露に濡《ぬ》れた草にも、夜を照らす月光にも、路傍の石にさえ魂は宿っている。自然から生まれた彼らは、無垢《むく》な魂と惹《ひ》かれ合う」

「むくなたましい？」

「心が綺麗な人が好きってことさ。きみに帰るところがないのなら、きみの友達にもなるな」

「それはいい！　ぜひ俺と友達になってくれ」

精霊師は、名前を思い出せないルイスに「ルイス」と名前を付けた。

空っぽになったルイスの心を埋めるように、たくさんのことを教えてくれた。


「ルイス、世話をかけたな」

一緒に暮らし始めてから十年以上が過ぎ、ベッドの上で師匠は弱々しく笑った。

「そろそろ迎えが近いようだ」

師匠がそう言ったので、ルイスは優しく笑い返した。

「師匠、俺はあなたと暮らせて幸せだったよ」

「ありがとう。私もお前と過ごせて楽しかった。教え足りないことがまだまだたくさんあるのが心残りだが……」

「じゅうぶんだ。師匠に教わったことを胸に、俺は静かに生きていこうと思う」

ルイスは心の底からそう思っていた。

考えが変わったのは、古い手紙を整理している時だ。

『この鍵《かぎ》をきみに預ける。

我が古城ホテル最上階の客室の鍵だ、いつでも訪ねてきて欲しい。

そして、もしも私の身に何かあった時——身勝手な頼みだということは分かっているが、どうか、オリビアのことをよろしく頼みたい』

古めかしい鍵は、新しい世界への鍵のように思えた。

ルイスは師匠がいなくて退屈だった。

精霊や妖精《ようせい》がいるので寂しくはないと思っていたけれど、自分のために食事を作り、自分のために畑の手入れをし、自分のために買い物に行く日々がひどく億劫《おっくう》に思えた。

古城ホテルとやらに行ってみたい。

オリビアという少女に会ってみたい。

好奇心が抑えられずにホテルに向かうと、そこにはルイスの知らない世界があった。

美しく手入れされた庭園に、揃いの制服を着て恭しく迎えてくれるホテルマンたち。そして、次々にやってきては去って行く客に、様々な事情を抱えた霊魂たち。

ホテルは賑《にぎ》やかだが決して不愉快ではなかった。自分と同年代の人間が、誰かのために働き、誰かの息子としてホテルを訪れ、誰かの親として幼子の手を引いたりしていて……。


気が付くと、ルイスは湖の上の浮島にいた。

木に凭《もた》れ掛かるようにして眠っており、目の前では若いアスレイたちが半裸で水遊びをしている。彼女たちの下半身は魚のひれのようになっており、めいめいに泳いだり、歌ったり、湖畔で髪を梳《と》かしたりしていた。

『今宵《こよい》は満月、アスレイの夜だ。妾達は月に一度、こうして月光浴を楽しむ。アスレイにとって月の光は欠かせないものなのだ』

ルイスの隣に座った美女はアスレイたちの長《おさ》のような者らしい。

子どもの頃のルイスにはわからなかったが、なるほど、彼女は大層美しく、姿に魅入られた男が夫にしてくれと求愛するのもわかるような気がした。

長い緑青色の髪は水に濡れて艶《なま》めかしく、透き通るような白い肌に潤んだ瞳《ひとみ》は男たちの庇護《ひご》欲をそそるだろう。

人間の男を伴侶《はんりょ》にしたがる精霊や妖精は少なくない。男の妖精は醜い姿をしているため、女の妖精は人間の男を好むらしいのだ。

「……俺はきみたちの住む世界に連れていかれるのか？」

『そうだ。妾達《わらわ》は湖に沈んだ町に住んでいる。そなたが望むなら人間の国で暮らしてやってもよいが、太陽の光を浴びると溶けてしまう妾達にとっては住みにくくてな』

「それで、俺はどうすればいい？　きみの夫になって、毎日愛を囁《ささや》けばいいのか？」

『ああ。妾の心を愛で満たしておくれ。そうすれば妾はもっともっと美しくなるだろう。そなたは孤独な子。可哀想な子。たった一人、森で彷徨《さまよ》っていたところからよく育ったな』

ちょん、と唇をつつかれる。

彼女もいつの間にか半裸になっており、あられもない姿を隠そうともせずにルイスにしなだれかかった。

「きみに愛を捧《ささ》げる男はだれでもいいのかい？」

『妾にだって好みはある。お前の容姿は美しいし、妾が救ってやったことで赤子のように無垢になった。お前はきっと、妾を一心に愛する良き夫となるだろう』

「……俺もね、それでもいいと思っていたよ。きみの元へ行くことは約束したことだし、仕方がないってね。一緒にいればきみのことを好きになるかもしれないと思っていた」

『こんなにも美しい妾のことを好きにならぬ男などいないわ』

妖精なので謙遜《けんそん》したりはしないらしい。それがありのままの事実で、彼女は数々の男を虜《とりこ》にしてきたのだろう。

「俺はきみのことが嫌いじゃないよ。でも──『好き』ではないのかもしれない」

「……なに？」

アスレイの顔が曇った。そこへ、

「──ルイスさん！」


大声を上げて森の中から飛び出してきたのはオリビアだ。

浮島の上で顔を近づけ合うルイスとアスレイの姿を見つけると、はっと息を呑《の》んだのがわかった。

上機嫌に歌っていた若いアスレイたちはぴたりと歌うのをやめ、闖入《ちんにゅう》者に侮蔑《ぶべつ》の視線を向ける。

「オリビア、来るんじゃない！」

ルイスが怒鳴るのと、アスレイが腕を振ったのは同時だった。

湖にバキバキと氷の道ができる。その衝撃に慄《おのの》いたオリビアは尻《しり》もちをついた。

『おほほほ。ルイスよ、まさかあの小娘を好きになってしまったなどと冗談を言うのではあるまいな？』

「好きだよ」

『なんだと？』

一人の人間として、オリビアのことは好ましいと思う。

ルイスは浮島から氷の道へと飛び降りると、一直線にオリビアの元へと駆けた。

「オリビア、怪我はない？」

「は、はい。ルイスさん、あの」

「すぐに引き返すんだ。この森は特にアスレイの影響力が強いから、振り返らないで。それから、ホテルに帰っても水辺には近寄らない方がいいと思う」

オリビアを森の外へ追い出そうとするが、逆にルイスは腕を摑《つか》まれた。

「ルイスさんはどうするんですか。アスレイの元に行っちゃうんですか」

「アスレイの元には行かない。でも俺は約束を破った。だから、何かしらの代償は払わされるかもしれない」

「じゃあ逃げましょうよ！」

オリビアはルイスの腕を引っ張る。

そのとき冷たい気配を感じたルイスは、咄嗟《とっさ》にオリビアを抱きしめた。

何かがルイスの背中にぶつかって砕け散った。呻《うめ》きながら地面を見ると、バラバラになった氷塊だった。

『妾の夫を連れ去ろうとするとはいい度胸だな、小娘』

「アスレイ、彼女には手を出さないでくれ！」

ルイスは注意したが、アスレイは憤怒《ふんぬ》の表情だ。

これはまずい。ルイスがアスレイよりもオリビアのほうが魅力があるとでも言ったように聞こえたらしい。気づいたルイスは感動する。おお、コンシェルジュとしてオリビアの接客を見ていた成果は出ている。自分も他者の気持ちを察せられるようになったらしい。

ルイスは抱きしめていたオリビアを離すと森の方へと押しやった。

「オリビア、はやくここから逃げるんだ」

「嫌です。ルイスさんも一緒に」

「俺のことはいいから行きなさい」

「置いていけませんよ！」

切実な顔をされたルイスは面食らった。

今生の別れというわけでもない。ただ、安全な場所に逃げて欲しいだけだ。なのにオリビアと来たら、泣き出す直前のような顔をしている。

（……いや、今生の別れなのか？）

ルイスはもうホテルに帰るつもりはないし、アスレイを怒らせてしまったから殺されてしまうかもしれない。

（帰りたいな）

ルイスはぽつりと思った。

帰りたい。──古城ホテルに。

「一緒に逃げましょう！」

そう言って腕を引っ張るオリビアに思わず「うん」と返事をしてしまう。

ぱき、ぱき、と湖の表面が凍っていく音に振り返る。

アスレイは冷ややかな目でルイスを見ていた。

『……妾を愛さぬ男なら、いらぬわ』

「ひ……っ！」

「大丈夫、ちゃんと俺が守るから」

ルイスはオリビアを抱きしめた。

愛とは何か、ルイスにはまだよくわからない。

だけど、この瞬間、選んだのはアスレイではなくオリビアだった。自然に口からこぼれたのは、守るという言葉。身を硬くし、襲い来るであろう衝撃に備える。

その時、二人の前に、一人の霊が飛び出した。

『待ってくれ、ジゼル！　ボクだよ、ナサニエルだ！』

ナサニエルが両手を広げ、ルイスとオリビアの前に立ちはだかったのだ。気を削《そ》がれたアスレイの攻撃が逸《そ》れ、氷塊はナサニエルの手前に落ちて砕けた。

『そうだ。由緒正しきベルトーネ家の嫡男であり、キミと一夜にして恋に落ちたナサニエルだ』

『ナサニエル？』

『……覚えがある。妾との約束を守らなかった男だな』

『守らなかったんじゃない。守れなかったんだ。ボクはキミと駆け落ちする気だったのに、道中で襲われて死んでしまったんだ！　ジゼル……、キミはまさかそのショックで身投げでもしたのかい？　それで人ならざる者になってしまったのか？』

『……何を言い出したのかと思えば』

毒気を抜かれたらしいアスレィは笑った。

『妾は最初から「人ならざる者」だ。妾は男の愛を糧にして生きる妖精《ようせい》。あの夜も、そなたを誘惑し、妾の国に連れていくつもりだったのだよ』

ぺろりと舌なめずりをしたアスレィは蠱惑《こわく》的に笑った。

『ボクは……騙《だま》されていたのか？』

『騙す？　妾とならどこでも生きていけると言ったのはそなたではないか。だが、もう良い。その後に、別の夫が見つかったからな』

「……長い時を生きるアスレィは一人の男に執着しない。また次の男を誘惑し、自分の伴侶《はんりょ》とするんだ」

だから、ルイスは彼女にとって何十番目かの夫なのである。

ルイスはそれでもいいと思っていた。居場所のない自分がアスレイの暇つぶしにでもなるのなら受け入れるつもりでいたのだ。約束は守らないといけないから。

「……ナサニエル君」

しかし、彼は本当にアスレイを愛していたのだ。相手が妖精だったことも知らず、騙されるような形で連れ去られようとしていた。

事実を知り、ショックを受けているナサニエルに声を掛ける。

俯《うつむ》いて泣いているのかと思ったが、ナサニエルは怒っていた。キッと顔を上げて叫ぶ。

『ひどいぞ、ジゼル！　ボクはこんなにもキミを愛しているのに!!　精霊師殿を伴侶にするよりもまず、ボクとの約束を守るべきじゃないのか！』

『……そなたは死霊だろう』

『死霊はキミの側にはいられないのか？　ジゼル、ボクはまだキミを愛しているんだ。キミをずっと忘れられずに、死霊としてこの世をさまよっていたんだぞ！　好きだ、ジゼル！　愛しているんだ!!』

……すごいな。

ルイスはぽかんとした。

オリビアもぽかんとしている。

先ほどまでの殺《や》るか殺られるかの冷え冷えとした空気から一転、ナサニエルの渾身《こんしん》の告白にアスレイは――なんと、まんざらでもない顔をしているではないか。

ナサニエルは初恋相手のジゼルとオリビアの容姿が似ていると言っていた。ちっとも似てやしないと思ったが、今の可愛らしくツンと澄ましている雰囲気は、確かに少しだけ似ている。

愛ってなんだろう。

ルイスは再び思う。

アスレイが求めているのがナサニエルのような想いの形なら、ルイスにはとても真似できそうにない。

なぜ、人は誰かを愛するのだろう。誰かを大切にしたいと思うのだろう。なぜ、ルイスの腕の中にはオリビアがいて、なんとなく彼女を離せずにいるのだろう。

『人間ですらたかが数十年しか共に暮らせぬというのに、死霊など連れ帰ったところで数年も持たぬわ。妾達《わらわ》は人の寿命なら多少延ばしてやれるが、霊魂など手出しのしようがないからな』

『それでもいい。キミといたいんだ』

ナサニエルは跪《ひざまず》いた。

浮島に渡ると、アスレイに向かって手を差し出す。

『限られた時間だからこそ、愛は美しく燃え上がるんだ。違うかい?』

『いいや、違わない。妾に溺《おぼ》れる男たちも皆同じ。限られた命を燃やし、妾に愛を囁《ささや》くのだ。……いいだろう、そなたを妾の伴侶にしてやろう』

ナサニエルに歩み寄ったアスレイはその手をとった。

そして、ルイスに視線を向ける。

『ルイスよ。そなたには約束を破った罰を与える』

「罰……」

『当然だろう。そなたは妾に愛をくれなかった。罰として、あの時食べた、世界一まずい記憶を返してやろう。そなたにとっては要らぬものだろうがな』

歩み寄ってきたアスレイの指先がルイスの額を突《つ》いた。

ばちっと、頭のどこかが覚醒《かくせい》する。


——お前のせいで、母さんが死んだ！　出ていけ、バケモノ！


耳をつんざくような悲鳴と怒号。

子どものルイスは石を投げられ、裸足《はだし》で家を飛び出した。

泣きながら攻撃してくるのはルイスのきょうだいたちだ。皆、黒髪で、銀の髪を持つルイスだけが異質だった。常人の目に見えないものが見えるルイスのせいで村人たちはルイスたち家族を迫害し、母は死を選ん——


「——ルイスさん！」

オリビアに揺さぶられたルイスはハッとした。

「大丈夫ですか」

心配そうなオリビアの顔が側にある。どうやら自分は余程ひどい顔をしているらしい。

「……大丈夫だよ」

そう答えたが、指先は冷たく、頭はうまく働かない。

いつの間にかアスレイもナサニエルも消えていた。

反転していた時間は戻り、空には太陽が浮かんでいる。

(要らぬものを返す、か。確かに、俺には要らないものだ)

――ルイスさんは霊が見えるせいで嫌な思いをしたことはないんですか?

オリビアに聞かれた時、ルイスは自信を持って「ない」と答えた。

だが、そうではなかった。本当はアスレイがルイスの記憶を消していたのだ。

幼い頃、住んでいた場所を逃げ出したルイスはこの湖の近くで行き倒れ、アスレイに救われた。記憶を消されたルイスは、霊が見える師匠の元で心安らかに過ごすことができたのだ。

胸を押さえる。

「俺にも辛《つら》い記憶というのは存在したんだね」

「ルイスさん……」

記憶を失くしたルイスは空っぽだった。

生きるための術《すべ》は師匠が与えてくれたけれど、誰かへの愛着を持てずにいたのは、心の奥底の記憶が誰かを愛し、愛されることを拒んでいたからかもしれない。

「帰りませんか？」

オリビアが手を差し出した。

「帰るって、どこへ……」

「ヴォート城にですよ」

「……せっかくの申し出だけど、俺の家はあのホテルではないよ」

断ったが、つい先ほど古城ホテルに帰りたいと願った身だ。

帰ってもいいなら帰りたい。だが、帰ってこいと言われてのこのこ帰るのもなんだか格好悪いではないか。そんな葛藤《かっとう》が顔に出ていたのか、オリビアはくすくすと笑った。

「ルイスさんはあのホテルで過ごしたいと思ってくれていますよね」

「どうしてそんなことが言いきれるの？」

確かにホテルでの生活は楽しかったし、新鮮だったが、ルイスはあそこに住みたいなどと口にしたことはなかった。というか、考えたこともなかったのに。

「わたしはコンシェルジュ――お客様の気持ちを考えるのが仕事です。ルイスさんはヴォート城を気に入ってくれていると思うんですが、違いますか？」

「違……わない。しかし、さすがにタダで住まわせてもらうのは気が引けるのだが」

「何言ってるんですか。働くんですよ。仕事はいっぱいありますし、本人の適性に鑑《かんが》みますから、心配いりません」

「それは……、心強いね」

楽しそうだ。

ルイスは心のままにそう思った。

楽しそう。やってみたい。子どもみたいに、無邪気にそう思う。

そんな暮らしを大切にできたらいい。ささやかで、初めて抱いた、夢のような望みだった。

「それとですね、城にいる幽霊たちを何とかしてください。妖精《ようせい》の対処法は教えてもらいましたけど、あの四六時中泣いている女の霊とかどうしたらいいんです？　ルイスさんがいなくなってから『精霊の間』の前を徘徊《はいかい》しているんですからね？　ちゃんと責任取ってくださいよ」

幽霊相手に右往左往するオリビアの姿を思い浮かべた。その様子がおかしくてくすっと笑う。

――愛《いと》しいな、と思った。

こんなところまで追いかけてきてくれた彼女を愛しいと思う。

それが、ナサニエルやアスレイが求めるような愛になるのかどうかはわからないけれど、この気持ちはルイスの中で育てていってみたいと思う。

「……帰りましょう。ヴォート城へ」

差し出された手をルイスは握った。
その手はとても温かかった。

終章

「着きましたよ、お客さん」

運転手に促された女はぎこちなく礼を言って車を降りた。

古城ホテルが最寄り駅まで迎えを寄こしてくれるというので、女一人でもこんなに遠出ができた。

のんびりと時間をかけて散策したくなるような庭園に、存在感のある古城。

首都リムレスの駅で見た美しいポスターそのままの世界だ。

「トランクは私がお運びします。この石畳に沿って歩いていただくとエントランスホールがございますので、そちらで受付をお済ませ下さい」

「あ、はいっ」

運転手は車を車庫に回すために行ってしまう。

取り残された女は石畳を踏んだ。

靴の踵《かかと》がカツッと鳴る。

青々とした草木の匂い。花の香りに誘われて飛ぶ虫。

（ここにしばらく滞在したら、心も身体も癒《いや》されそうだわ）

実は数年前から体調が優れないのだ。身体が妙に重くて息苦しい。病院に行っても何の病気も見つからないと言われ、恐らく精神的なものだろうと言われてしまった。女の顔色が悪いものだから、周囲の者たちが休暇をとって少しのんびりして来いと勧めてくれたのだ。

（あー、良い匂い。これって薔薇《ばら》よね？　赤薔薇しか見たことがなかったけれど、このくすんだ色合いは可愛いかも……）

生垣の薔薇にふらふらと近寄り、花を眺める。

エントランスに行けと言われたのに、ついつい足は寄り道してしまった。チェックインを済ませてからゆっくり見ればいいものの、あっちへふらふら、こっちへふらふらと誘われる。

植え込みの側を通った時、しゃがんでいた人物が急に立ち上がった。

女の視界には入っていなかったため、びっくりしてハンドバッグを落とした。

「ぅわっ⁉」

しかも、現れたのはとてつもない美青年だった。

輝くような長い銀髪を一つに結い、カンカン帽とエプロンを身に着けている。

（庭師……かな？　やたらと美形な人だわ）

びっくりしているうちに美青年が女のハンドバッグを拾ってくれていた。「どうぞ」

と渡された女は大慌てで受け取った。

「あ、ど、どうもすみません」

「おお……。きみ……、またすごいのを連れて来たね」

「えっ？」

連れてきたとは何を？

女がきょとんとしていると、美青年は女の左肩に触れた。

「あ、……ごみでもついていました？」

「そんなようなものだ」

青年は苦笑すると、エントランスはあちらだと親切に教えてくれた。

客室数の少ないホテルだから、チェックインの済んでいない客がふらふらと庭に迷い込んでしまったとわかったらしい。女は肩を竦《すく》める。

カンカン帽の青年は美貌《びぼう》を綻《ほころ》ばせて、「ようこそ、ヴォート城へ」と言った。フロントマンにでもなれそうな優雅なお辞儀だった。

ありがとうございますと礼を言って、女は言われた通りにエントランスへと向かった。

重かったはずの左肩はいつの間にか楽になっていた。

◇

ここはロヴェレート地方に建つ古城ホテル。

素敵な庭園とホテルマンたちが、今日も明日もお客様を出迎える。

一日の終わりに、バックヤードで業務日誌をつけ終えたオリビアの横に人影が立った。

作業着を身に纏《まと》ったルイスだ。

「お疲れ様です、ルイスさん。どうですか、仕事の方は」

「楽しいよ。花が咲くのを見たり、寄せ植えを作ったりするのが楽しい。地植えの花たちはほとんど自生しているんだってね。すごいなあ」

「ええ、こぼれた種から自力で根を下ろすんです」

あちこちにある花の群生地は、ほとんどが逞《たくま》しく自力で領土を拡大している。

「森の中じゃ、ガーデニングって雰囲気でもなかったから新鮮だよ」

「それは良かったです」

庭師の仕事はルイスの性に合っているらしい。


——アスレイとの一件後、オリビアはルイスを連れてホテルに帰った。

エントランスから中に入ると、フロントにいたトニーとヴェルナーは目を丸くしていた。突然休暇を取って仕事を休んだオリビアが、家に帰ったはずのルイスを伴って戻って来たのだ。

特に、トニーは何か物言いたげだった。トニーとの約束を反故《ほご》にしてしまったせいだろう。

「ごめん、埋め合わせはまたするから」と言うと、気にしなくていいと言ってくれた。

「望みは薄そうだから」とも。

戻ってきたルイスを見たハワードは、特に驚くでもなかった。

オリビアが追いかけた時点で予想はできていたのかもしれない。「おや、おかえりなさいませ。ラインフェルト様」と言って迎えた。これに居心地悪そうにしたのはルイスだ。先代支配人の友人を騙《かた》って、タダで長々とホテルに滞在していた身である。

「う、うむ。た、ただいま……」

「申し訳ありませんが、お帰りになったので『精霊の間』は清掃してしまいました。改めて宿泊されるという形でよろしいですか？」

「え？」

「こちらが当ホテルの料金表になりますが、何泊ほどご滞在の予定でしょうか」

「え？」

ハワードから見せられた料金表に、ルイスは青くなった。

彼が怒っていると思ったのか、オロオロする。

その様子に、ハワードは「冗談ですよ」と冗談じゃない顔で言った。ルイスが嘘をついたことに対する仕返しらしい。溜飲《りゅういん》を下げたハワードは料金表を片づけた。

「……ちょうど庭師の一人が腰の療養に専念することになりましてね。人手が足りなそ

ないか？」

「ハワード殿。その先は自分で言わせてくれ
ルイスはハワードの申し出を遮《さえぎ》った。

「俺をこのホテルで雇って欲しい。残念ながら、俺はコンシェルジュには向いていないようだから、庭仕事に従事させていただけたら嬉《うれ》しい」

「ルイスさん……」

ルイスの言葉を聞いたハワードは笑った。

「いいですよ。先代ならきっと――いいえ、先代なら大喜びであなたを迎えたでしょうが、私はそう甘くありません。まずは見習いからスタートですよ」

ハワードの言葉に、ルイスは生真面目な顔をして頷《うなず》いた。

――おじいさま。あなたのホテルに新入りが加わりましたよ。

オリビアは心の中で呟《つぶや》く。祖父はこの新たな変化を受け入れてくれるだろう。

祖父の霊はここにはいない。祖父の本心はわからない。でも、それでいいのだ。祖父が愛したホテルを、オリビアやハワードなりのやり方で大切にしていきたい。

そんなこんなで、ルイスはこのホテルの庭師になった。正確には、「庭師　兼　精霊師」らしい。ご丁寧に、ミルクウィズの森を出る時に『精霊師はヴォート城に引っ越しました』と扉にプレートをかけて。オリビアも清掃は手伝ったが、この小屋はこのまま

残しておくつもりだとルイスは言った。誰かが訪ねてくるかもしれないしね、と。

「今日来た若い女性のお客様がルイスさんのことを訊《たず》ねていましたよ。『すっごくかっこいい庭師さんに会いました』って嬉しそうでした」

「若い女性？　ああ、あの人か。可愛らしい見た目の」

「……ルイスさんも女性に対して『可愛い』とか思うんですね」

少しだけ意外に思う。ルイスは人の容姿や、異性の魅力について語るような人ではないと思っていたからだ。

（確かに、可愛らしい方だったわ）

小柄で目がぱっちりしていた。明るくはきはきとした喋《しゃべ》り方をしていて、女性から見ても好感が持てる。

「彼女、恋人と良くない別れ方をしたようだね。しかも何人も。何人もの男性が肩に乗っていて驚いたよ。若い男性から、彼女の父親くらいの男性まで……。あれは生霊ってやつだね」

「……あまり聞きたくなかった情報です。わたしはてっきり、ルイスさんのタイプなのかと思いましたよ」

「タイプ？」

「異性として魅力を感じているってことです」

「ああ、それならオリビアの方がタイプだから安心して」

「はい⁉」

動揺しそうになったが、ルイスに照れたような雰囲気はまるでない。おそらく人間として好ましいと思ってくれているんだろうな、という意味合いで受け取っておく。

「それはどうもありがとうございます」

「大丈夫。生霊たちはホテルに入る前に追い払っておいたよ」

「それもありがとうございます……？」

精霊師と霊騎士が同じ敷地内にいるため、オリビアの仕事環境は格段に良くなった。これでよりいっそうコンシェルジュ業に邁進《まいしん》できる。

「それから、これはきみに」

ルイスはオリビアにミニブーケを差し出した。ピンク色の菊とダリアをメインにした秋らしい花束だ。

「可愛い。くれるんですか？」

「ヒューさんが教えてくれたんだよ。春になったら、こういうものをたくさん作るからと」

「花が見頃の時期は、ホテルの内外に飾りますからね。ありがとうございます。部屋に飾りますね」

「ああ、貰《もら》ってくれると嬉しい。そのうち、もっと大きな花束を作れるように頑張るよ」

「……？　ええ、頑張ってください」

大きなフラワーアレンジメントを作ることは庭師の必須《ひっす》業務ではないのでやや不思議に思いながらも頷く。お客様のプレゼント用だと、業者に依頼したりもするし……。

そこでふと、思い当たることがあった。いつぞや、夫婦の花束を手配したときのことだ。

――花をあげると夫婦円満になるということだな。驚かせるとなお効果的。花束は大きい方が見栄えが良い。

(まさか、女性に花を渡すこと=愛情表現だと思っている？)

まさか。まさかね。だとしたら、オリビアに花をくれる意味は……いやいや、そんなまさかだ。オリビアは否定する。ルイスはきっとそこまで考えていないに違いない。

「どうしたの？」

「いいえ、何でもないです」

ほんのり染まった頬を誤魔化す。

どういう意図で花をくれたのかを追及する気はない。今はまだ。いずれルイスが大きな花束を作れるようになる頃には、誰か好きな人ができているかもしれないし、第一、この花にも深い意味はないのかもしれないし。ナサニエルがこの場にいたら茶化してきたかもしれないが、彼は今頃、アスレイとよろしくやっていることだろう。

（別に寂しくなんかないけどね）

　やかましい霊がいなくなってせいせいしたくらいだ。本当に。まったく、寂しくなんか……。

「あ、オリビア。お客さんだよ」

　ルイスに背後を指し示されたオリビアはぎょっとした。ここはバックヤードだ。お客様が勝手に入って来てしまったのかと慌てるが、誰もいない。代わりに、がた、ぴし、と部屋が軋《きし》むような音が聞こえた。

『……ある女性を……、捜しているのですが……』

　部屋の隅に、幽鬼のような顔をした男性が現れる。

　ここが終業後のバックヤードで良かった。ヒッという声がオリビアの喉《のど》から漏れてしまったからだ。そんなオリビアの様子にお構いなく、ルイスは力強く頷く。

「任せてくれ。俺たち精霊師とコンシェルジュが力になろう」

「ちょっと、勝手にわたしを巻き込まないでください……！」

　霊相手のコンシェルジュなんてごめんだ。人間相手にすらまだまだ認知されていないのに！　っていうか、やっとうるさいナサニエルから解放されたばかりなのに！

　オリビアに構わず、ルイスは頼もしげに胸を叩《たた》く。その表情は心の底から生き生きとしているように見えた。

　――一人前のコンシェルジュになるまでの道のりは前途多難そうである。

本書は書き下ろしです。

この作品はフィクションであり、実在の人物、団体等とは一切関係ありません。

古城《こじょう》ホテルの精霊師《せいれいし》

深見《ふかみ》アキ

令和6年 11月25日　初版発行

発行者●山下直久

発行●株式会社KADOKAWA
〒102-8177　東京都千代田区富士見2-13-3
電話　0570-002-301（ナビダイヤル）

角川文庫 24413

印刷所●株式会社暁印刷
製本所●本間製本株式会社

表紙画●和田三造

●お問い合わせ
https://www.kadokawa.co.jp/（「お問い合わせ」へお進みください）
※内容によっては、お答えできない場合があります。
※サポートは日本国内のみとさせていただきます。
※Japanese text only

ISBN 978-4-04-115111-2　C0193

◇◇◇

角川文庫発刊に際して

角川源義

第二次世界大戦の敗北は、軍事力の敗北であった以上に、私たちの若い文化力の敗退であった。私たちの文化が戦争に対して如何に無力であり、単なるあだ花に過ぎなかったかを、私たちは身を以て体験し痛感した。西洋近代文化の摂取にとって、明治以後八十年の歳月は決して短かすぎたとは言えない。にもかかわらず、近代文化の伝統を確立し、自由な批判と柔軟な良識に富む文化層として自らを形成することに私たちは失敗して来た。そしてこれは、各層への文化の普及滲透を任務とする出版人の責任でもあった。

一九四五年以来、私たちは再び振出しに戻り、第一歩から踏み出すことを余儀なくされた。これは大きな不幸ではあるが、反面、これまでの混沌・未熟・歪曲の中にあった我が国の文化に秩序と確たる基礎を齎らすためには絶好の機会でもある。角川書店は、このような祖国の文化的危機にあたり、微力をも顧みず再建の礎石たるべき抱負と決意とをもって出発したが、ここに創立以来の念願を果すべく角川文庫を発刊する。これまで刊行されたあらゆる全集叢書文庫類の長所と短所とを検討し、古今東西の不朽の典籍を、良心的編集のもとに、廉価に、そして書架にふさわしい美本として、多くのひとびとに提供しようとする。しかし私たちは徒らに百科全書的な知識のジレッタントを作ることを目的とせず、あくまで祖国の文化に秩序と再建への道を示し、この文庫を角川書店の栄ある事業として、今後永久に継続発展せしめ、学芸と教養との殿堂として大成せんことを期したい。多くの読書子の愛情ある忠言と支持とによって、この希望と抱負とを完遂せしめられんことを願う。

一九四九年五月三日

聖獣の花嫁

捧げられた乙女は優しき獅子に愛される

沙川《すなかわ》りさ

——見つけた。お前は、私の花嫁だ。

生まれつきある痣のせいで家族から虐げられてきた商家の娘、リディア。18歳の誕生日を迎えた夜、家族に殺されかけたところを突然現れた美しき銀髪の貴人に救い出される。連れていかれたのは国生みの聖獣が住むとされる屋敷。彼——エルヴィンドは聖獣本人であり、リディアは《聖獣の花嫁》なのだという。信じられないリディアだが、彼に大事にされる日々が始まり……？　生きる理由を求める少女×訳アリ聖獣の異類婚姻ロマンス譚！

角川文庫のキャラクター文芸

ISBN 978-4-04-114539-5

仮初めの魔導士は偽りの花

呪われた伯爵と深紅の城

望月麻衣

男装の魔導士は星の導きで魔を祓う!

大魔導士の祖父の遺言で悪魔祓いをしているティルは、美少年魔導士として評判だ。だが絶対に知られてはいけない秘密がある。それは本当は“少女”だということ――。ある日「世にも美しい城」の呪いを解いてほしいという依頼を受けたティルは、兄のハンスと辺境の白堊《はくあ》の城を訪れる。そこにいたのは美貌の青年伯爵ノア。密かに呪いの謎を探ろうとするが、彼と急接近してしまい……⁉
ときめきの占星術×西洋風ファンタジー！

角川文庫のキャラクター文芸

ISBN 978-4-04-114740-5

ISBN 978-4-04-111525-1

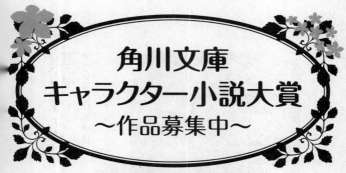